Farley Mowat

# 鲸之殇

A
WHALE
FOR
THE
KILLING

〔加〕法利·莫厄特 著

高建国 李云涛 译

GUANGXI NORMAL UNIVERSITY PRESS
广西师范大学出版社
·桂林·

鲸之殇
JING ZHI SHANG

A Whale for the Killing
Original copyright © 1972
The Chronicle Media and Communications Co. Ltd.
Chinese language edition © 2021
All rights reserved
著作权合同登记号桂图登字：20-2021-181 号

**图书在版编目（CIP）数据**

鲸之殇 ／（加）法利·莫厄特著 ； 高建国，李云涛
译. --桂林：广西师范大学出版社，2021.6
（自由大地丛书）
书名原文：A Whale for the Killing
ISBN 978-7-5598-3813-1

Ⅰ．①鲸… Ⅱ．①法… ②高… ③李… Ⅲ．①纪实文
学－加拿大－现代 Ⅳ．①I711.55

中国版本图书馆 CIP 数据核字（2021）第 092187 号

广西师范大学出版社出版发行

（广西桂林市五里店路 9 号　邮政编码：541004）
　网址：http://www.bbtpress.com

出版人：黄轩庄
全国新华书店经销
广西民族印刷包装集团有限公司印刷

（南宁市高新区高新三路 1 号　邮政编码：530007）

开本：889 mm × 1 194 mm　1/32
印张：8.375　　字数：160 千
2021 年 6 月第 1 版　　2021 年 6 月第 1 次印刷
定价：78.00 元

如发现印装质量问题，影响阅读，请与出版社发行部门联系调换。

　　谨向彼得·戴维森（Peter Davison）和安格斯·莫厄特（Angus Mowat）致以谢意，感谢他们在本书创作过程中给予我莫大的帮助。

我们围着圈跳舞，心中揣度；

但秘密端坐其中，一清二楚。

——罗伯特·弗罗斯特（Robert Frost）

　　文明之人，远离万物根本，依赖繁复的技艺求生存，透过知识的镜片观动物，可看到的只是扭曲的全景或放大的局部。我们俯视动物，以为它们命运惨苦，因为它们既不如我们发展完备，又不如我们形态俊美。此言差矣，谬以千里。动物之短长，不宜以人类眼光来衡量。它们在自己的世界栖身，而那里远比人类社会更古老、更完整；它们的进化精妙、完善，可人类早已丧失或从未拥有它们那样发达的感官；它们生活中的言语，我们更是不明所以。它们不是人的同族，也绝不是人的从属。它们是另外的种族，跟我们一样囿于生命与时间之网，同为囚徒，四处奔忙，铸就地球的辉煌。

——亨利·贝斯顿（Henry Beston）

· 早期渔民驾驶小船远洋捕鲸，常常有去无回 ·

· 新型捕鲸武器——长矛发明，捕鲸者渐处上风 ·

· 现代机械发明，捕鲸效率大为提高，近海捕鲸站沿海岸而设， ·
加工鲸鱼变得省时省力

·　装备齐全的大型捕鲸船出现，可以直接把鲸鱼拖上船，就地加工，·
不必再费力拖到海岸

现代化的码头吊机，可以轻易吊起一头巨鲸，加工作业效率极高，
却也昭示了鲸鱼的悲惨命运

· 巨鲸搁浅 ·

# 法利·莫厄特小传

法利·莫厄特 (1921—2014) 是一位多产的作家，著有40多本书，也是一位直言不讳的环保积极分子。莫厄特对自然世界的热爱和保护自然的强烈愿望贯穿于他所有的作品之中，其中包括小说、儿童读物，以及他游历加拿大北极地区、西伯利亚和其他地方后写下的令人惊叹的游记。他的书已被翻译成52种语言。1981年，莫厄特被授予加拿大国家二等官佐勋章（Officer of the Order of Canada），这是加拿大的最高荣誉之一，以表彰他对全人类的贡献，因为他的影响远远超出了他的祖国的边界。

莫厄特1921年5月12日出生于安大略省的贝尔维尔（Belleville, Ontario）。1933年，莫厄特全家搬到了萨斯卡通（Saskatoon）。十几岁时，莫厄特在该市的报纸《凤凰星报》(The Star Phoenix) 上发表了一篇有关鸟类的专栏文章。"二战"期间，莫厄特在意大利的加拿大第一步兵师服役，最终晋升为上尉。莫厄特在他1979年出版的《没有鸟儿歌唱》(*And No Birds Sang*)一书中描述了他的服役经历和反战意识的逐渐觉醒，这本书被许多人认为是伟大的反战回忆录之一。战后，他进入多伦多大学学习动物学，并作为学生参加了一次观察性质的自然探险，这成为他人生中一次非常重要的经历。这一时期，莫厄特和他的动物学同学弗兰克·班菲尔德(Frank Banfield)一起，开始意识到在加拿大原住民因纽特人中肆虐的贫困和饥饿，他由此下决心在职业生涯中继续捍卫他们的权利。

大学毕业后，莫厄特继续担任美国博物学家弗朗西斯·哈珀(Francis Harper)的田野研究员，研究努纳武特努埃尔廷湖(Nunavut's Nueltin Lake)的北美驯鹿。他还与后来成为加拿大野生动物局首席哺乳动物学家的弗兰克·班菲尔德合作，对贫瘠土地上的北美驯鹿进行了研究。莫厄特在北部地区与野生动物和当地人的相处为他的写作提供了大量素材。

1952年，莫厄特出版了他的第一本书《鹿之民》(*People of the Deer*)，这本书是根据他在加拿大偏远地区基瓦廷旅行时遇到贫困的伊哈米特人(Ihalmiut)的经历写成的。该书一出版即获得广泛好评，并在1953年获得了阿尼斯菲尔德·伍尔夫图书奖(Anisfield-Wolf Book Award)——美国一个旨在表彰那些涉及种族主义和文化多样性的重要作品的奖项。

然而，这本书也引发了争议，一些评论家认为莫厄特虽沉醉于北方文化，但对北方文化的了解却不像他声称的那样广泛。1996年，约翰·戈达德（John Goddard）在加拿大杂志《星期六之夜》（*Saturday Night*）的一篇文章中写道，莫厄特曾经告诉他，"我从不让现实妨碍真相"。莫厄特解释说，他做的所有工作，最重要的目的是唤起人们对环境破坏、野生动物受到虐待和原住民所处困境——那些长期不为公众所知的真相的关注。对这本书的一些批评源于对莫厄特写作风格的误解。莫厄特与同时代的杜鲁门·卡波特（Truman Capote）一样，被认为是新兴的具有创造性的非虚构流派的先驱，他的作品兼具文学性和新闻性。

　　莫厄特最著名的作品是《与狼共度》（*Never Cry Wolf*），这是他1963年在加拿大亚北极地区的狼群中生活的真实记录。起初，莫厄特的任务是找出狼群捕杀北美驯鹿的原因，但后来他反而发现，狼是一种以家庭为中心、行为复杂的动物，并不是人们认为的那种嗜血野兽。《与狼共度》一书被认为改变了公众对狼的看法，挑战了猎人和政府根除狼的计划，这些计划一度威胁到了世界各地狼的生存。作为对这本书的回应，读者们开始保护这个物种不被滥杀，渐渐地，许多国家取消了打狼的赏金，包括那些狼的数量仍然很庞大的国家。当这本书被翻译成俄语并在苏联出版时，公众的愤怒促使苏联政府立刻下达了禁止捕杀狼的命令。《与狼共度》于1983年被改编成一部大型故事片。

　　莫厄特的其他作品包括小说、回忆录、儿童读物和致力于拯救非洲山地大猩猩的博物学家戴安·福西的传记。他获得了许多奖项和荣誉，包括因他的儿童读物《迷失在荒原》(*Lost in the Barrens*)而获得的加拿大总督奖（Governor General's Award），加拿大百年勋章（Canadian Centennial Medal），伊丽莎白女王二世银、金和钻禧勋章（Queen Elizabeth II Silver, Golden, and Diamond Jubilee medals），以及第一个国家户外图书奖（National Outdoor Book Award）的终身成就奖。海洋守护者协会（Sea Shepherd Conservation Society）将一艘负责监控非法捕鱼活动的海洋守护船命名为"法利·莫厄特"号考察船（RV Farley Mowat），他也被委任为加拿大北美原生植物协会（North American Native Plant Society）的名誉会长。

　　莫厄特于2014年5月6日在安大略省霍普港（Port Hope, Ontario）家中去世，享年92岁。

# 目　录

# 第一章　重回伯吉奥

　　一团乌云翻卷着从纽芬兰岛（Newfoundland）东南部光秃秃的山峦间冲了出来，黑压压的。狂暴的东北风打着旋儿，卷起沙粒一般的雪，抽打着奥克斯·巴斯克港（Port aux Basques）这座小镇；一堆破旧的木头房子杂乱无序地横亘在冰冷的岩层和泥岩沼泽地的冻土之上。白茫茫的冷雾从港口的水面上盘旋而起，与空中的那些乌云汇合，越过卡伯特海峡（Cabot Strait），涌向布雷顿角（Cape Breton）若隐若现的悬崖，刮向北美大陆。

　　一月份的纽芬兰一点也不友好。我和妻子克莱尔（Claire），还有上百名其他乘客刚刚就感受到了这种滋味。从卡伯特海峡到巴斯克港的航程，我们待在"威廉·卡森"号（William Carson）汽车轮渡那狭长的船舱里，一路颠簸，饱受折磨。从新斯科舍省（Nova Scotia）的北悉尼（North Sydney）出发到巴斯克港，通常只需要六个小时，但此次由

1

于暴风雪，竟然用了十二个小时。在狂风暴雨的猛烈袭击下，"卡森"号只能无奈地把愤怒宣泄到旅客和货物身上。一辆十吨重的推土机，本来用半英寸[1]粗的钢缆固定在甲板上，却被掀离原位，撞开钢舷墙，跌入绿色的大海深处。大部分乘客脸色灰白、神情凄凉，无助地躺在船舱里，空气中弥漫着呕吐物的恶臭。

"卡森"号终于跌跌撞撞地驶进了巴斯克港，并成功地排队靠岸了。谢天谢地！劫后余生的人们争先恐后地踏上下船的跳板。下来的旅客大多数都爬上了一列老旧的窄轨火车，它要晃晃悠悠走上六百英里[2]，才能到达东海岸的岛屿首府圣约翰（St. John's）。然而，对许多男人、女人（克莱尔和我也在其中）和孩子来说，巴斯克港并不是海上磨难的终点。我们的目的地是散布在海边的各个小渔村——它们被称为"外港"，稀疏地分布在岛屿西南海岸绵延几百英里险峻、贫瘠的海角上和峡湾边。要到达这些地方只有一个途径，那就是每周仅开一次的海岸汽船。

她正等着我们：又小又邋遢，还脏，与"卡森"号那样装的宏伟形成鲜明对比。但是，尽管看上去并不讨喜，"伯吉奥"号（Burgeo）这艘蒸汽船却懂得如何应对这个无情的水世界。她是名副其实的海船，而不是漂浮的汽车旅馆。

---

[1] 英寸，长度单位，1英寸等于2.54厘米。——编者
[2] 英里，长度单位，1英里约等于1.61千米。——编者

二十多年来，她日复一日地沿着这片严酷的海岸往返于东西两边，充当着外港之间的桥梁，维系着四十来个渔村与外界的主要联系。在风雨和海浪之间，这些渔村屹立在地球上最不宜居的海岸上。

"到1967年，原先由'伯吉奥'号提供服务的外港有一半以上已经被抛弃——关闭了。"被迫背井离乡的居民这样描述。因为对进步的狂热，这些古老的定居点成了牺牲品，连"伯吉奥"号也很快被淘汰。1969年，尽管功能依然如故，她还是被宣判卖作废铁——她是被现代文明抛弃的旧时代的异物，不合时宜。她被丢弃在圣约翰的一个码头上，被纪念品猎人掠夺一空，死船的冰冷传遍了她的全身。但她并没有咽气。一个黑暗的冬夜，就在切割的火舌开始侵蚀她的苏格兰钢铁之躯时，她放逐了自我——一切都悄无声息，甚至当班的人都没有察觉到她的变化——沉入了海港的水底，但仍像丰碑一样矗立，昭示着当政者的尴尬；在那些她常年为之服务的成千上万的外港人心中，熟悉和爱恋，已随他们心中的英雄，永远留在了记忆里。

然而，在1967年1月中旬的这个时候，"伯吉奥"号却依然生机勃勃。在一阵滂沱的雨雪中，我们匆忙爬上登船的跳板，它的主人罗·彭尼船长（Captain Ro Penney）热情迎接我们的到来。

彭尼船长个子矮小，但整洁、精悍，面对女人很害羞。看到克莱尔上船，他涨红了脸，低下头去。

"哦，亲爱的，你又回来了。"他低着头，看着自己的脚，喃喃地说，"来，赶快从湿的地方躲进来。这坏天气……坏天气……"

而对我，他就熟稔、自在多了。

"莫厄特船长，快到舰桥这里来。咱们最好在东北风发毛之前出发！"

这些年来，我和妻子渐渐熟悉了西南海岸的这片土地，其间至少和彭尼船长航行过十几次。我们第一次见面是1961年，在绝望湾（Bay Despair）内一个阴沉的小港。那天，我将自己那艘漏水的纵帆船挨着"伯吉奥"号停下，想找人帮忙修理我那古董发动机。结果不仅轮机长动手，连彭尼船长也来了。他先是很有礼貌地征得我的同意，然后登上我的小船。他称呼我为"船长"，这是对我的恭维，而且此后每次见面，他都这么叫我。

我真希望还能用同样的敬称回应他，但彭尼船长和"伯吉奥"号一样，已经不在了。1970年春天，在卡伯特海峡的一场飓风中，他回应一艘鲱鱼海船发出的求救信号，驾驶一万吨的火轮船"帕特里克·莫里斯"号（Patrick Morris）驶离北悉尼。可"莫里斯"号还没赶到，海船就沉没了。彭尼船长试图打捞起一名溺水渔民的尸体，这时船尾装货门上一座四十英尺[1]高的炉子压了下来，大船开始下沉。彭尼船

---

[1] 英尺，长度单位，1英尺等于30.48厘米。——编者

长命令全体船员登上救生艇，但有三个机舱的船员不见了。找不到人，罗·彭尼不肯弃船。他话不多，但到死都很坚定。

彭尼船长用力拉下汽笛的绳索，"伯吉奥"号那浑厚的汽笛声响彻浪花飞溅的海港，低沉而忧伤。到点发班了，我们倒船出港，驶入浮标标示的航道，小船迎着大风向东驶去，一路贴着若隐若现、白雪皑皑的陆地，尽力借助它的庇护。

我走下楼梯，来到船上一个老式的餐厅。它有着维多利亚时代的铅制玻璃窗，破旧的亚麻桌布；银器陈旧，但还发着亮光。船上的大多数乘客都聚集在这里享用点心，他们喝着茶，吃着黄油面包，像朋友一样聊天。在西南海岸这片地方，大家都相互认识，或者至少彼此看起来都很面熟。克莱尔坐在一个拖网渔船主和他的妻子中间，他的妻子长得矮矮胖胖，却活泼开朗。我走过去跟他们坐到一块儿，听着海岸居民聊着家长里短，东北风从舱面帆具间刮过，呜呜作响；古老的往复式蒸汽机在脚底下轰隆轰隆地响着，那是它平稳而沉重的心跳。

"你们听说政府要关闭格雷河（Grey River）的定居点了没有？"拖网渔船主吹了吹杯中的茶，喝了一口。"啊！天老爷，圣约翰那些败家子要不了多久就会知道，要清除格雷河定居点，他们起码需要一满货轮的炸药。嘿，我还没算上他们要把那里的人都弄走呢！"

他的话匣子一下就打开了："整个秋天这几个月大家都

饿慌了，近海渔民根本不能出海。即使我们这些开拖网船的，也不得不在捕鱼的大好时节缩在船上，或者靠港躲着。"

"不过也有好消息，从来没见过这样多的驯鹿。我告诉你，孩子，比鱼片上的苍蝇还多，它们直接跑到滩涂去吃海藻。哦，对了，快点儿，还有好多乡下的消息呢！"

他咂了咂嘴，向妻子眨了眨眼睛，这个女人马上接过话头。

"他们让拉米亚（Ramea）那个新学校开学了！对了，露西·费内利（Lucy Fenelly），蚊子港（Mosquito Harbour）的，她生了个娃儿，男人一直在大陆工作不在身边，十来个月了！还来了个年轻的学生传教士，你们走前才到的，他只待了一下，给那个孩子施了（洗）礼，就飞走了。我不能说这完全是他的错。露西现在有十三个孩子，长得一个都不像她丈夫。"

茶过三巡，拖网船主才礼貌性地问了一下我们打哪里来。

"欧洲，"我告诉他，有意地带上几分周游世界的人的傲娇，又加了一句，"还有俄罗斯。先到莫斯科，然后穿过西伯利亚，一直到太平洋和北极海岸。"

"俄若斯，嗯？呃……那么，马上要回到伯吉奥的家了，你们会感觉不错的。老兄，今年冬天海岸那片儿的人捞了很多鲱鱼。五十年没见过这样的事了！"

伯吉奥，就是我们此行的目的地，这艘小渡轮，也是用这个地名来命名的。在这一片海岸，伯吉奥是最大的定居点，也是我和妻子五年来的家园。六个月的旅行，万花筒一样五彩斑斓，却也让人疲惫不堪。此刻，我们渴望归途，一心想回到那个宁静的家，躲开文明社会那些恼人的折磨。

伯吉奥位于奥克斯·巴斯克港以东九十英里的海岸。这里地形险峻，鲜为人知，散居的渔民和零星的水手是这里仅有的人类居民。南大西洋的海浪一路翻腾而来，到这里变成滔天巨浪，拍打着伯吉奥的西南海岸。这片海岸一年到头也难有风平浪静的日子。常年刮向岸边的狂风，波涛汹涌地撞击着花岗岩崖壁，声响如雷，难得消停。崖壁高耸，绵延至内陆，化作荒芜的高原，倒也成了北美驯鹿和无数北极兔的家园，还有松鸡……此外再无他物值得说道。

与被峡湾撕裂的崖壁相对的海面上，一片片低矮的岛屿星罗棋布，它们大多已被海水冲刷得支离破碎；岛屿之间的海面下，散布着数不尽的暗礁，犹如龇牙咧嘴的恶龙。岸上的居民给它们取了个名字——"沉船礁"，直白得令人脊背发凉，无数船只在这里折戟沉沙。即使在用上了神奇电子导航设备的今天，如果在漆黑的夜里遇上风暴，渔民仍然会为之胆寒；要是惨白的浓雾如裹尸布一般，掩盖了陆地与海面的界限，船员们更是从心底里发怵。

伯吉奥群岛就是这样一片岛屿。1520年，一个西方人，葡萄牙探险者乔阿兹·阿尔瓦利兹·法冈第（Joaz Alvarez

Fagundez）"发现"了这里。他给这片群岛取名"十一贞女岛"（Ilhas Dos Onze Mill Vierges），以纪念14世纪[1]科隆（Cologne）的圣·厄休拉（St. Ursula）。这位圣人率领一万一千[2]（十一）名处女，抵抗异教徒入侵圣地，其贞洁必将彪炳千秋。然而，这名称更像一个讥讽：这片群岛狂风肆虐、浪花翻飞、暗礁环伺，虽不能准确地称为处女地，但是这里肯定"贞洁"——不能养育，没有物产。

但群岛周边的海域却物产丰富，生机盎然。海豹、鲸鱼，甚至海象，都成群结队地生活在富含浮游生物的峭壁周边水域和岸边的浅滩。当然还有鱼！鲑鱼、鳕鱼、大比目鱼、黑线鳕、鳎鱼和其他十几种鱼类，数量众多，多到渔民站在岸边用矛叉鱼都能轻而易举装满一船。西南海岸这片地方，虽然天气恶劣时像个地狱，却是天然的良港。只要敢于冒险，靠海谋生的人都能在这里致富。

在法冈第时代——那无疑是很久以前，欧洲人就到这里冒险了。到16世纪初，巴斯克人（居住在西班牙北部和法国南部）的捕鲸船就已经抵达这片海岸。他们在近海用鱼叉叉住鲸鱼，然后将它们巨大的尸体拖上岸，把鲸脂炼成油。现在都还能找到他们提炼鲸油的设备残骸。法国人也很快在这里建造了夏季鳕鱼渔站。多年以来，逃亡者（逃离渔船

---

[1] 据大英百科，事件发生在公元4—5世纪。——译者
[2] 岛屿名字中"Onze"表示"十一"，与这里的计数"一万一千"似乎没有关联；一说是十一处子。——译者

的人）偷偷生活在更偏远的小海湾和海边峡谷里，几乎过着跟来自新斯科舍省的米克马克族印第安人（Mic Mac Indians，加拿大印第安人）一样原始的生活；当纽芬兰的土著比沃苏克人（Beothuks）[1]被入侵的欧洲人猎杀殆尽之后，米克马克族印第安人便取而代之。法国人与米克马克族印第安人通婚。英国的渔船舰队每年也会来到纽芬兰东部和东北部，一小部分英国人和爱尔兰人不满船上的奴隶制环境，逃了出来，也开始在海岸附近漂泊生活。这些人逐渐被早前搬到此地的人同化，慢慢地形成了一个新的族群。

他们生活艰苦、自给自足，为了生存，也别无选择。因为都是逃亡者，他们不敢组成大的生活社区。他们只有划桨的小渔船，不能冒险离家太远，所以不得不分散组成一个个小群落；而且，一个地方打鱼的渔民太多，也会造成拥挤。

他们就像紧贴石崖的帽贝一样，紧紧依附在这岩壁环绕的海边讨生活；一两家人为一组，只要是个可搭小屋、还能停船的地方，他们就能安家。到了19世纪晚期，在西南海岸有八十几个这样的定居点。每个定居点都有六到二十间方形的两层木屋，面向浅滩的这面墙上，总会有一个石头砌成的小洞。一艘艘窄小的平底船和大肚皮的捕鱼船像栖息的海鸟一样漂浮在窗前。

---

[1]　比沃苏克人：曾经生活在加拿大纽芬兰的土著。——译者

这些寄居着人类生命的包壳体，常常紧贴着涨潮时海平面的高度，依附在高耸的悬崖脚下，被绵延数英里的海岸线分割，又被大海连接在一起。大海是他们的饭碗……大海是他们的高速公路……大海是他们的情人和主人，是他们的恩赐神、索命鬼……

再往内陆，花岗岩石山上连树都不长，毫无遮蔽地裸露着山体，绵延起伏。但是到了一些河流峡谷地带，就会有云杉和落叶松；在大雪纷飞的冬季，外港人会逃到这些有遮蔽的地方，住进木头搭建的"棚屋"里，等到来年春暖花开，再次回到召唤他们的大海。

这是一方坚如磐石的土地，一片冷若寒冰的海洋。一代又一代的人在这艰难困苦中生活，活下来的人如大浪淘沙，他们须得学会融入石崖与海洋的洪荒之力。

现在，日子轻松多了，但大家还是散居各地。即使到了1950年，新兴技术群体已经主宰我们的星球，他们仍然毫不知情，也不太在意，继续按照自己的时间和方式生活，遵循着自然世界的生活节奏。

1957年我第一次来到西南海岸时，男人和男孩们还驾着十七英尺长的露天平底小船捕鱼，在冬季的恶劣天气中，他们戴的连指手套常常冻结在船桨上。一些人的船稍大一点，装有老式的单缸发动机，不过还是敞篷的，面对海洋和天空毫无遮蔽。几乎所有渔民载着他们的鳕鱼回家时都是停靠在各自用云杉木桩搭建的码头，人们把它们叫"台阶"；

然后，在他们自己的鱼棚或"仓库"里分割鳕鱼。妇女和女孩们接着把鱼进一步切割，码上盐，晾在一个叫"搁架"的蜘蛛网状木制脚手架上。腌鳕鱼一直是这片海岸的主要产品，至少已经有三百年的历史了。

他们确实落后于时代，但这并不是他们吸引我的唯一原因。作为一个习惯了身处逆境的民族，他们保持着对他人的非凡宽容，以及对彼此和出现在他们中间的陌生来客的慷慨大方。据我所知，这一点也许除了因纽特人，其他任何族群都难以比拟。他们是最优秀的！我暗下决心，终有一天我要来到他们中间生活，逃离那个日益机械化的大陆世界——那个世界像三月发情的兔子一样执拗于愚蠢的制造和无脑的消费；为了自身利益不顾一切地迷恋变革；还像白痴一样膜拜那个贱人"女神"——进步。

1961年，我确实回来了，开着那艘破旧的纵帆船，沿着可怕的海岸跌跌撞撞地航行。我之所以还能活着航行在海面之上，不是因为上苍的眷顾，而是因为外港人的恩惠。他们用一种微妙的方式既保全我的面子，又确保我不会付出傻瓜和外行在恶劣环境下通常要付出的代价。

第二年夏天，我和克莱尔出"绝望湾"沿海岸向西航行，一直到夏季结束，我们俩谁也没有真心想返回加拿大大陆，于是考虑是不是可以在西南海岸找个小渔村"猫"过这个冬季。但到八月底我们都还没决定下来，只是继续漫无目的地向西漂着。

11

当时我们正接近伯吉奥，无意在那里安顿下来——听说那里建了一座现代化的鱼粉加工厂，完全改变了那里的外港特质——恰恰相反，我们的航向是西边几英里远一个叫作格兰·布鲁特（Grand Bruit）的小村庄。但是，当我们航行到野猪岛（Boar Island）的正前方时，引擎熄火了。野猪岛是伯吉奥群岛错综复杂的航线和交汇地的入口，单靠风帆在此处航行太危险了，我们只好不情不愿地把船开进伯吉奥修理。等到我们的纵帆船修好，可以再次航行时，又变天了，我们被困在了港口。

伯吉奥，至少在我们停靠的东边这边，一点也不好看。鱼粉加工厂占去了一大半，厂里柴油发电机的轰鸣声震耳欲聋，传出的阵阵恶臭能把上帝都熏晕。

尽管工业时代已降临至此，但我们遇到的大部分人并没有受到太多的"污染"，他们依然待人友善、乐于助人。一天早晨，我们偶然向其中的一个人提起，说打算在大西洋海岸找个地方过冬，于是乎，我们很快被带到了一个有点没落的定居点西边，一个叫作梅塞尔湾（Messers Cove）的半封闭小社区。一眼看上去，梅塞尔湾就是一幅外港该有的景象，没有任何格格不入的东西。这里有十四户在近海打鱼的人家，他们的房子漆得花花绿绿，沿着一个温馨的小港湾一字排开。在一块巨大的花岗石上，坐落着一座还未完工的白色木制小平房。窗户朝南，可以俯瞰群岛和远处无边无际的开阔大海。

这所小房子正在出售。

我们提出要租这所房子，但房主拒绝了。他是一位年轻的渔夫，打算去鱼粉加工厂当一名时薪工人。他只卖不租。秋季快要结束了，这世上也没有我们特别想去之处，我们喜欢梅塞尔湾，也喜欢这里的人，干脆买下了这所房子。

彭尼船长轻轻地把船停靠在薄雪覆盖的伯吉奥政府码头。我们走下跳板，他从舰桥一侧向我们挥手告别。跳板的另一端，一群人围拢过来，像他们的先人一直以来的做法一样，迎向这艘班轮。一个三十好几的小个子男人敏捷地挣脱了人群，朝我们小跑过来。他五官分明，黝黑的脸上洋溢着表示欢迎的笑容。

"接到你的电话说上船了。上周那个风坡（暴）啊，电闪雷鸣，好家伙！现在陆路啥也走不了，只有小孩子在上面滑冰。所以我开了平底船来接你们回去。你的东西呢？我帮你拿。"

他叫西门·斯宾塞（Simeon Spencer），在他房子的后厨房经营着一个很小的杂货铺。他是我们在梅塞尔湾关系最好的邻居，也是最要好的朋友。他小心翼翼地看着我们登上那艘装了引擎的平底船，帮我们放好行李，就开船了。

今晚冷得刺骨，尽管有风吹起的短浪，海上仍逐渐凝结起一层薄冰。我们穿行在岛屿之间，经过菲尔比港（Firby Harbor）、西普船坞（Ship Dock）和泥洞湾（Muddy Hole），最后向西航行到达我们的海湾——梅塞尔湾。我们弓着身子坐在船板上，面朝船尾的西门，水花溅到我们的外套后面，结成了冰。矮小的西门轻盈、笔直地立在船尾，万万没想到，他突然狠狠地把舵往下一推，平底船猛地向一边倾斜，我和克莱尔一个侧滑倒在甲板上。西门朝着海面挥手，在引擎的轰鸣声中，我勉强听出他喊的那个词。

"鲸鱼！"

他指着大艇礁（Longboat Rocks）的方向。一排黑乎乎的暗礁，被海水冲蚀，泛着微光。就在大艇礁后边，还有一个东西，黑黑的，泛着光，像滑溜溜的波浪一样涌进我们的视线，然后又缓缓地沉下去，留下一缕薄雾，很快就被东北风吹散了。

这可是海洋中体型最大的家伙！这惊鸿一瞥，虽然模糊得难以确定，却算得上是一份美好的回家礼物。对于与我们同在地球上的非人类动物的神秘生活，我一直很感兴趣，但到此地生活之前，我从没意识到鲸的神秘，尽管它或许是神秘之最。伯吉奥给我提供了走近这种神秘的机会，每年冬天，一小群长须鲸（Fin whale）都会像候鸟一样来到群岛水域，待上几个月。

西门把船拐进梅塞尔湾，在快接近他家的停船台阶时关掉引擎。

"鲸鱼什么时候回来的？"随着平底船滑向码头，我问道。

"跟平时一样。十二月初……循着鲱鱼船的桨吧。它们有五……也许六头在岛礁间游来游去,真是大家伙!……到了,太太,小心冰滑!"

我们一起搀扶着克莱尔走上泊船台那滑溜溜的台阶,邂逅鲸鱼的兴奋很快被我们抛在脑后。那时的我们谁也没有料到,它们的出现将给所有人的生活带来天翻地覆的变化。

房子里的灯都亮着。我们大步走过门廊进入厨房,发现所有炉子里都呼呼地蹿着火苗。西门14岁的女儿多萝西(Dorothy)已经把每个房间都打扫干净了,每处都擦得锃亮。哈维老太太(Mrs. Harvey)送来了两条自制面包,热气腾腾的,刚出烤箱。锅里的油面上咕嘟咕嘟地冒着泡,里面炖着我们的晚餐:卷心菜、萝卜、土豆、洋葱、咸牛肉和驼鹿肉。

这座空了六个月的小房子暖和而温馨,就像我们从未离开过一样。我们很开心,西门则高兴地坐在富兰克林炉前,客气地喝着一杯朗姆酒。他强加给自己的工作还没有完成,他觉得现在的任务就是通报我们离开期间发生的真正重大的事件,让我们了解这里的最新情况。

"他们说工厂的工人要罢工,但老板很快就制止了。老板说,如果大家不想按照他的意愿干活,他就关闭厂子,离开伯吉奥,让大家后果自负。不知道他打算去哪里,不过这里有的是人能说出一个适合他这种人的地方……柯特·邦吉(Curt Bungay),买了一艘新船,一艘从帕森港(Parsons

Harbour）开回来的延绳捕鱼船……你的纵帆船已经可以正常开了，是乔（Joe）发现的故障……其中的一个，总之……他们说医院来了个新护士，中国人，他们说她是，她很能干，最糟糕的天气还跑出来照料大家……这一冬的鱼抓得不少，可没什么好卖的……"

就这样，他滔滔不绝地说着，直到我们悠闲地吃完晚饭。稍微歇息了一会儿，其他来拜访我们的人陆续从走廊上挤过来，随意地走进厨房。一群十几岁的女孩走在前面，在长沙发上整齐地坐成一排，一句话也不说。我们想跟她们交流一下，她们却只是微笑着点点头。就在那时，一阵熟悉的骚动声传来，我们的大黑水狗艾伯特（Albert）吧嗒吧嗒地走进厨房，嘴里叼着一条干鳕鱼，算是给我们的回家礼物。紧跟着它进来的，也是我们的朋友，八十岁的乔布大叔（Uncle Job）。大叔看见厨房桌子上的朗姆酒瓶，垂涎欲滴，就像小精灵一样呵呵笑着。我们不在家的这段时间，艾伯特一直跟乔布大叔和他的妻子生活在一起。西门后来告诉我们，乔布大叔和狗狗花了好多时间吵架较劲：要不要去钓鱼、去散步、去游泳、去睡觉，或者早上要不要起床。他们俩互不相让。

"他肯定会很想那条狗的，"西门说，"连老婆他都不想，她总是一声不吭。可要是找不到人跟他吵，乔布大叔会发疯的。"

艾伯特很不情愿地把鳕鱼干叼了过来——这是一条非

常不错的鳕鱼，因为乔布大叔坚持用古法来腌制和晾晒鱼干，这样的伯吉奥人已经寥寥无几。放下鱼干，艾伯特漫不经心地嗅了嗅我们的行李，上面还贴着我们途经各地的标签：伊尔库茨克 (Irkutsk)[1]、鄂木斯克 (Omsk)、第比利斯 (Tbilisi)[2] 和其他异域之地。然后它"汪汪"叫着冲进客厅，爬上沙发，哼哼两声，睡着了。

回家之旅落幕了。

---

[1]　伊尔库茨克，苏联东西伯利亚城市。——译者
[2]　第比利斯，格鲁吉亚首都，旧称 Tiflis。——译者

# 第二章　地狱 or 天堂？社区陷入疯狂现代化

那天晚上，暴风雪突然停了。第二天一早，白晃晃的太阳照耀着冰雪覆盖的群岛。海面上泛起乌黑的光泽，与随风暴而来的冻雨造就的亮晶晶的陆地浑然一体。抓紧这转瞬即逝的好天气，沿岸渔民——那些用刺网、拖网和手绳在当地渔场捕鱼的人——早早就开工了。海面平静如镜，泛着金属的幽光，小船摇曳其间，宛如一粒粒遥远的微尘。

克莱尔在家里忙着拆行李，邻居家的孩子们像无声的幽灵一样在厨房里跟进跟出，一脸认真地盯着这一切。我则带上艾伯特去取邮件。通往伯吉奥东部尽头的路（称其为"路"只是出于礼貌）上覆盖着一层冰，仍然无法行走，我就借了西门的小渔船，改走水路。

航行在海上的感觉真是令人兴奋不已。风平浪静，天空湛蓝。艾伯特像往常一样趴在船头，身体使劲前倾，就像一个异教徒的图腾。偶尔会有几只海鸽奋力飞到我们的船头前面，又被抛到小船两边，狗狗看着它们，一脸不屑。

我们贴着陆地的边缘慢悠悠地航行，离海岸很近，近得可以闻到退潮时露出海面的海藻散发出的刺鼻碘味，近得和岸边房子里的人都能互相看清。西门·斯宾塞的妻子正忙着晾衣服，她看到了我们，向我们挥手致意。乔希·哈维（Josh Harvey）的斑点狗江伯（Jumbo）在头顶的平台上冲着艾伯特狂吠，艾伯特也回以一阵"汪汪"声。我冲着马特·福吉大叔（Uncle Matt Fudge）大声打招呼，他已经九十一岁高龄，身子骨还硬朗，可以在他孙子鱼店的阳光棚里修补鳕鱼网。（在外港，50岁以上的人都被称为"大叔"或"大婶"。）

从梅塞尔湾一直到弗兰克岛（Frank Island），我们驶过的海岸被一排排坚固的房屋所覆盖，这些房屋已经居住过好几代人。它们是"老"伯吉奥，已和身下的岩石融为一体，沿着海岸形成一条整洁而内敛的横带，光看着就是一种享受。每家人都自成一户，互不干扰，房子的朝向也彼此不同。大多数纽芬兰外港的房子都是那种古老的式样，小尖顶，两层楼，但各自的高度和构造又不完全相同；给人的印象是彼此独立且朴实无华。

然而，当我们的小船滑过弗兰克岛北部的交汇点时，画风突然发生了改变。这里是"新"伯吉奥的开始，是"摩登时代"的杰作。

1949年，当纽芬兰不情愿地被并入加拿大时，伯吉奥并不是一个独立的社区，而是一片分散的小定居点。格兰德岛（Grandy Island）的海岸线上分布着梅塞尔湾、泥洞湾、菲尔比湾（Firby Cove）、桑姆威斯湾（Samways）、港口湾（The Harbour）和浅滩湾（The Reach）等村庄。格兰德岛是整个群岛的核心，就像一艘停泊着的战舰统领着一队小型船只。在那些离岸的、小得多的岛屿周围，或者沿着海岸线，还坐落着锡尔溪（Seal Brook）、金斯港（Kings Harbour）、奥尔港（Our Harbour）、亨特斯岛（Hunt's Island）、沙洲（Sandbanks）和上伯吉奥岛（Upper Burgeo）。

虽然每个定居点的居民都不到三十户，但它们各自的历史都超过了一百年。

并入加拿大终结了这一切。1948年，纽芬兰在名义上仍是大英帝国的自治领土；但在1949年，一个名叫约瑟夫·斯莫尔伍德（Joseph Smallwood）[1]的小个子男人，自诩救世主（有人称他为撒旦），在他的煽动和撺掇下，纽芬兰被迫并入加拿大。在决定性的投票中，斯莫尔伍德仅以最微弱的优势获胜。岛上虽然生活穷困，但所有阶层的居民都竭尽全力地想要保持独立；对他们来说，独立自主比昙花一现的繁荣更有价值。

然而斯莫尔伍德认为，独立阻碍了进步，不可饶恕。他曾经轻蔑地说，大多数纽芬兰人不知道什么对他们是好

---

[1] Joseph 又昵称作 Joey、Joe，后文的乔伊·斯莫尔伍德（Joey Smallwood）也是他。——编者

的，只是被拽着进入20世纪，还一路哭天抢地、寻死觅活。他正是那个使劲拽的人。

他成了纽芬兰的第一任省长，在接下来的二十二年里几乎大权独揽，凭着自己的想法，做着自认为对纽芬兰有利的事情。他的理念很简单：不惜一切代价实现工业化。这就是说，只要任何外国工业企业家愿意开发，岛上的所有矿产、森林和人力资源都唾手可得，基本上是免费奉送。斯莫尔伍德要求纽芬兰人抛弃几百年来哺育他们的海洋。

"把你们的渔船拖上岸……把你们的渔具烧掉！"在一次对外港人的激情演讲中，他大声喊道，"上岸以后，你们每个人都会有几份工作可选，再也不用出海捕鱼了！"

他能言善辩，鼓动人心很有一套，许多人相信了他。

他必须克服的第一个障碍是想办法集中"劳动力资源"（他用这个词来描述外港的人），这些资源分散在大约5000英里海岸线上的1300个零散的小社区中。他的解决方案是"集中化"，换句话说，就是强行对外港进行有计划的合并，以便新搬到一起的居民可以形成劳动力储备。拆迁这些小型外港的手段是灰色的，基本上是欺诈，有时还很残忍，但成效显著。

在西南海岸，斯莫尔伍德煽动起的"搬迁热"很快开始产生效果，外港一个接一个地沉寂和消亡。即使在伯吉奥群岛，每个人的生活半径都集中在4英里以内，这种狂热也非常猛烈，以至于几年之后，所有位于近海的小社区都搬到了格兰德岛。

虽然斯莫尔伍德抵制大海，也蔑视捕鱼的生活方式，但他也不是完全抵制。即使在他最乐观的梦境中，似乎也意识到纽芬兰的某些地方是无法完全模仿底特律（Detroit）或汉密尔顿（Hamilton）这样的工业城市的——西南海岸就是这样一个地方。

对如何最大程度地开发其劳动力潜力，斯莫尔伍德的答卷是在格兰德岛的东端肖特湾（Short Reach）斥巨资修建一个冷冻渔业加工厂。然后，这个渔业加工厂被以荒唐的低价"卖"给了圣约翰一位商业巨头的儿子。这家伙发现这里的环境非常舒心，可以随心所欲地支付劳动报酬，可以自由定价他想收购的鱼。

最初还是有一些困难的。没有多少人愿意放弃他们的生活方式，而去当每周只赚10美元或20美元的雇员。然而，随着附近外港的居民开始汇聚到伯吉奥的"经济增长中心"，剩余劳动力出现了。这些剩余的劳动力耻于领取福利——他们称之为救济金，他们愿意做任何工作，不计较工资，也不愿意接受救济。

移民最集中的安置点就靠近渔业加工厂。当所有可用的海岸都被占满，后搬来的人只有在离海更远的地方，在光秃秃的岩石山脊上或泥岩沼泽地上修建房屋。房子建得很匆忙，而且一反岛民的惯常作风，很多房子质量很差。他们没钱买材料，又被每周的工资死死地拴着，也没有时间像他们的父辈那样自己去乡下锯木头。太多新搬来的人都是被逼着或者连哄带骗地放弃了他们在外港舒适而牢固的家，导致外港被废弃，而他们也只能将就着住在难看的棚屋里。这样的棚屋不断积聚，直到"集中化"结出它第一个真正的果实——西南海岸的首座贫民窟。

格兰德岛的东端变成了一片废墟，到处是生锈的罐子、破碎的瓶子、溢出的垃圾和生活污水。渔业加工厂把废水和内脏直接排进肖特湾，周围的水域被大量废弃物进一步污染。海岸上很多地方都被堆成了一条黑黑黏黏的淤泥带，几英寸厚、六到十英尺宽，臭气熏天，特别是到了退潮时。

"集中化"除了使曾经有益健康的自然环境恶化之外，也使受害者的身体退化。给予与索取之间微妙的相互依存关系被打破了。正如西门·斯宾塞曾经向我解释的那样：

"有这个厂之前，每一个小地方都是独立的，每个定居点都像一个大家庭。所有的家庭，所有的海岸居民之间，关系融洽，从来没有摩擦，没有争端。每个人都专心干自己的，遇到难处，可向邻居求助。当然，当别人有需要时，他也会伸出援手。"

"现在这些都跑到爪哇国去了。把所有人都丢进一个大龙虾锅里，对人是有影响的。让人开始接触一些坏东西，把他们一个接一个逼入绝境。就像一群疯狗被人拴在某个小岛的山包上，只能不停地打转、咆哮。"

"这些年，每个人都嫉妒别人，以前从来没有这样过。

人人都不满足。自己得不到的东西，别人也别想得到。除非他们也得到了，而且还要多得多。说实在的，这些年，伯吉奥人变得越来越讨厌了。"

随着越来越多的人从越来越多被"关闭"的外港移居伯吉奥，独立自主的人们和平等互助的生活方式在变革的浪潮中难以为继。这些后搬来的人找不到能提供足够薪水的工作，也难以靠打鱼谋生，因为对当地渔场不熟悉，而且这些渔场现在也已经严重拥挤，被过度捕捞。结果，几十个男人，有老有少，都被迫离家，出去找工作，到伯吉奥岛之外，甚至纽芬兰之外。因为在纽芬兰，斯莫尔伍德省长那宏伟的工业计划已成泡影。一些人在新斯科舍省打零工，还有一些人每年有八个月的时间在五湖区的货船上打工——八个月的时间都离家在外。

这似乎还不够，强迫性消费——现代社会的普遍弊病，也侵扰着这些无依无靠的外港人。男人、女人和孩子们，过去从不看重物质财富，现在变得贪婪而物质。他们开始热切地翻阅闪闪发光的邮购目录。从外港带来的结实的手工家具现在被嫌弃了——被扔到码头台阶边上，随潮水漂走。取而代之的是铬合金和塑料板家具。

渔业加工厂的老板一直急于培养大家消费的心态和欲望，于是开了一家超市。尽管这里接收不到发射塔信号，但染上这种"新病毒"的可怜虫们竟稀里糊涂地购买了电视。

电网和路网不断在日益拥挤的房屋迷宫间延伸。他们竟然在居住的这片岩层上凿出了一条长达两英里的崎岖不平的道路，而且在1962年，还破天荒地从海岸线班轮上卸下两辆汽车。几天后，它们就交了"好运"，两辆车迎头相撞，全部报废。

在克莱尔和我住在伯吉奥的五年中，"发展前进"的步伐是惊人的。到1967年，已有三十九辆汽车和卡车嘎吱嘎吱地行驶在石块铺就的山间小道上，然后被撞成废品；而这条路哪儿都去不了，也永远不会通向任何地方。第一辆雪地汽车咆哮着冲进荒原，一头栽进了一条裂缝里。第二年又有人订购了五辆。不可退货的汽水和啤酒瓶也到了。在阳光明媚的夏日里，周边的岩石大多裸露着，上面一层层的玻璃碎片闪耀着五颜六色的光彩。1961年那会儿是没有福利官员的，也没有人失业。但到了1967年，伯吉奥已经拥有了这些现代的"优势"，还有一座新的鱼粉加工厂，它那油腻、恶心的烟雾像瘴气一样弥漫在整个社区。

它也拥有了一个镇议会，有了镇长——养鱼场的老板。他是符合斯莫尔伍德心意的人，其座右铭是："对我有好处的事，也就对伯吉奥有好处。"由于镇议会的成员大部分是从他的雇员或他的马屁精中挑选出来的，他当选几乎没有遇到什么反对意见。

一所漂亮的新学校也按照大陆标准建了起来，配备了"现代"教师。他们善于贬低旧的方式、抵制过去，试图在学生中间唤起对工业千禧时代金色梦想的渴望。

西南海岸的人，尤其是伯吉奥的人们，是被快速"拖进了20世纪"，以致很少有人明白自己身上发生了什么。他们古老的生活方式在短时间内接连崩塌，一代又一代支撑着他们的那种内心的笃定，就像溅到火红炉子上的水一样蒸发掉了。但并不是所有伯吉奥人都意识不到这些变化的重要性，他们中的有些人就懂。

比如伯特大叔（Uncle Bert）。在梅塞尔湾，他和他的"女人"（他总是这样称呼他的妻子）住在一所狭小而整洁的房子里，离我家只有一箭之遥。晚上，伯特大叔会坐在铺着油布的餐桌前，轻蔑地听着晶体管收音机里的聒噪声。收音机喋喋不休地播报着每日的仇恨和恐怖、苦难和灾害，这就是它带来的世界新闻。

播报结束后，伯特大叔就关掉收音机，给自己倒上半杯纯酒精（从离岸的法国人居住的圣皮埃尔港 [St. Pierre] 走私来的），用开水加满，再加一勺糖，然后几口就把这杯混合物干掉。之后，他秃顶的脑门上挂着酒后亮晶晶的汗珠，一双变形的大手在油灯的光影里挥舞着，高声地嘲笑起来。

"以耶'酥'的猪油发誓，这些大陆的家伙全是一群蠢蛋！蠢得像只受伤的猫咪，孩子！搞笑的是，他们竟然还不自知！他们使了吃奶的劲儿在那鼓捣……鼓捣的东西都是错的！而那，我的天，那就是他们说的进步！"

"他们说在这片土地上为我们造了一个天堂。可情况却是，他们自己，连带着我们，正朝着地狱奔去，还生怕落在后面了呢。聪明吗？哦，对，他们的确相信自己正干着聪明事，还是上帝带给这个旧世界的……那些政客啊、科学家啊，还有那些穿得人模狗样的有钱人。不过我要告诉你，是……是的，鳕鱼和驯鹿，它们的头脑要聪明十倍。它们懂得什么是好生活。它们永远也不会把世界搞得乌七八糟；不，也不会可怜我们往死里闹腾……上帝啊，是的，我感觉健康的东西已经从我们身上消失了！"

它并没有从伯特大叔身上消失。七十六岁高龄的他，无论寒暑，只要鱼儿"还在游动"，都会单枪匹马驾着他的小船出海捕鱼。尽管他和他的"女人"靠着养老金也收入丰厚。

"我去打鱼是因为我必须去！这是我想干的。那儿，海上，才是我想待的地方。在那里我知道我是干吗的，我是谁……我他妈是个好人，我不怕吹嘘自己！"

他毫不含糊地表达对伯吉奥新生活方式的看法：

"这些该死的可怜虫在工厂打工！为了点工资，还在偷着乐！我告诉你他们是啥，我的孩子们……是些奴隶。比奴隶好不了多少！他们像奴隶一样工作，却还很感激有机会给老板干活；他们一辈子住在肖特湾那臭烘烘的狗洞里，就为了能买些该死的东西，对他们来说那些东西就像鱼儿的腿一样多余！汽车，是的，还有电视、烟斗和船尾马达！这些家伙已经不知道自己姓啥了……只知道他们想要什么！他们想要的东西足够把一头猪撑胀起来，撑到爆。他们已变得跟那些从加拿大和美国那边来的人没什么两样。他们啥都要，得到机会，恨不得把一切都拿走。然后，我以耶'酥'的猪油发誓，他们要呛死自己，被自己吐出来的东西呛死！"

"有时候我觉得他们很多人都应该进圣约翰精神病院[1]。不管那个工厂老板对他们说什么，他们都接受，还像吃冷猪肉一样津津有味。但他根本不会可怜他们。某一天早上醒来，这些人会发现自己一无所有，唯有一把剃刀，用来割破自己的喉咙。[2]"

为避开菲尔比湾的恶臭，我在臭味稍弱一点的西普船坞靠了岸。艾伯特跑去海滩上堆积的垃圾中抓老鼠，我也懒得管，而是奋力穿过一片拥挤、邋遢的窝棚，来到一个崭新的邮局，这里已经成为伯吉奥新目标的重要象征。它是一栋方盒子状的超现代建筑，由砖、铬和玻璃建造而成——这在整个西南海岸都是独一无二的。它是在我出国旅游这段时间建成的，取代了原来那个舒适、拥挤的旧木屋。三十年来，泰德·班菲尔德大叔（Uncle Ted Banfield）一直在这个房间里分拣邮件。

新邮局开张时，泰德大叔被迫退休——我会想他的。他对西南海岸的熟悉程度超过任何人，并且总是倾囊相告。遇

---

[1] 圣约翰精神病院，一所为神经错乱者设立的过时机构。——原注

[2] 1971年夏末，渔业加工厂的工人为了争取工会地位而罢工。诉求被拒绝，他们仍坚持罢工，厂主干脆关闭工厂，撂挑子走人了，放弃了渔业加工厂、镇长一职，也放弃了伯吉奥。——原注

上寒冷的冬天，他更是热情好客。在凛冽的寒风中，从梅塞尔湾长途跋涉而来，即使是因纽特人的血都能凉透。但泰德总会好心地把你带到厨房，给你倒大半杯暖暖的朗姆酒，再把你的邮件拿上来。班菲尔德的老房子一直是大家遛弯、聊天、打听邻里消息的地方。而这个新邮局（狗不得入内……进门请擦脚），在荧光灯的照射下绝对寸草不生，你一进去就想赶快逃出来。那个脸色苍白、神情疲惫的年轻人，一言不发地把邮件扔给我；我差点没认出来，他就是泰德·班菲尔德大叔的儿子。

回到平底船上，我选定了一条回家的路线——取道外海，绕过伊克利普斯岛（Eclipse Island），穿过被称为汽船道（Steamer Run）的深海峡。我本来希望能看上一眼那些鲸鱼，却始终不见它们的踪影。在这样晴朗的日子里，它们一定是和其他渔夫一道出海去了。

# 第三章　重新融入社区

除了偶尔去邮局，克莱尔和我尽量不去伯吉奥东端，免得目睹那里的情形。梅塞尔湾才是我们的家，我们在那里自由自在，所有人对我们都非常大度、友善。家家户户的房子匀称整齐、打理得当，它们围着干净的小海湾，错落有致地坐落在石崖边上。他们一辈子都生活在这里，甚至从祖辈开始就已经在这里了。伯吉奥其他地方都因变革而日新月异，唯独他们不为所动，未曾沾染多少现代的喧嚣。

回来的第一周，邻居大都跑来看望我们，这令我们感到温馨且愉快。

第一批来的人中有一个叫奥尼·斯蒂克兰德（Onie Stickland），一个满面愁容的中年单身汉。他单枪匹马驾着平底小渔船出海捕鱼，这样的人在这片海岸已为数不多。奥尼给我们带来了一桶新鲜的鲱鱼。他告诉我们，海岸附近的鲱鱼群越来越多，他很乐意每天给我们送一些来。说完这些，就几乎无话可说了，他喜欢听而不喜欢说。他腼腆、温柔，不想妨碍到我们，甚至显得有点可怜。他满足于在我们的房子里安静地坐上几个小时，不时偷偷地看一眼克莱尔，满眼爱慕。

西门·巴拉德（Simeon Ballard）是另一位常客。他身材魁梧，额头高耸，十足的水手身板；与奥尼正相反，他非常健谈。西门曾是个了不起的漫游者，他驾着三桅纵帆船前往加勒比海，去时满载着腌鳕鱼，返回时则装满盐、糖浆和朗姆酒。他驾着帆船或汽船到过南美、地中海和波罗的海的各大港口。航海的间隙，他可没闲着，生了十九个孩子，养活了十七个。伯吉奥并入加拿大以后，他虽然正值壮年，却几乎再未出海。

他说话轻声细语，极其谦恭有礼，还特意叫我"船长"。因为我有一艘纵帆船，那很可能是纽芬兰最后一艘还在使用的纵帆船了。

"在那些日子里，"他谈到1949年以前，"伯吉奥随时有八到十艘大帆船。春天和秋天我们在沿岸打鱼，夏天的时候我们就开去国外。现在想来，那日子是很苦，但我们似乎从不觉得。那时候，伯吉奥有十几个水手帮工，驾上一艘船，没有哪片海域是他们不敢去的。对啊，而且还要把她开回来！"

"并入加拿大之后，他们都跑国外去了。好像这些人待在加拿大对我们没有用处。纵帆船被束之高阁，锈迹斑斑，汽船大多被卖掉。我们中的一些人又回去捕鱼，但捕鱼业也开始不景气，所以大多数人不得不上了岸。这对于我这样年龄的人来说——我那时四十——太艰难了，带着船长证和所有家当，都还很利索的，可就是找不到工作。"

"是啊，那段时间确实够难的。但他们说这一切都是为了最好的生活。他们说，人去工厂上班生活得更好，也许吧。但我还是特别感谢上帝，让我在大海上待了那么些年。"

一天傍晚，天都黑了，趁没人注意，塞缪尔大叔（Uncle Samuel）来到我们家。他身材结实、个头瘦小，瘦削的核桃脸显示出他的印第安血统。他不是个好渔夫——其实他根本不喜欢大海。但他是一个有名的农村人——如果你听了伯吉奥的法律守护者、加拿大皇家骑警治安官的话，就会知道他"臭名远扬"。

塞缪尔大叔是个猎人。海岸往北一百英里外那渺无人烟、狂风肆虐的不毛之地就是他的天地。这次他给我们带来一个还在滴水的巨大牛皮纸包裹，里面不是一顿，而是够吃几顿的"乡下肉"——这是对非法捕杀的驯鹿肉的委婉说法。

塞缪尔大叔一边畅饮着我的朗姆酒，一边滔滔不绝地谈论着他的大世界。他告诉我们，今年捕获的猞猁不少；它们从远方森林的窝里跑出来，在荒原上游荡，追捕野兔。他说，驼鹿在河谷地区相当常见。但对"肖特湾下游的人"日益增长的"寻欢作乐"（他用这个词时口气极为轻蔑）之风，他又感到惋惜——这些人用薪水购买杂志上那些漂亮的枪支，用来杀掉他们看到的每一只驼鹿。

"我觉得这不叫打猎，"塞缪尔抱怨道，"这是可恶的浪费。现在这帮家伙到了本地，只要发现一头小牛或母牛，就会像对付一头公牛一样干脆利落地射杀。是啊，很可能连它的一块肉都不会要。"

"跟过去完全不一样了。那时候，谁能有一把枪，还有子弹和火药，那是幸运得很了。打到一头鹿，他肯定会把最后一片肉都带回家，送到老婆和孩子们的嘴里……"

塞缪尔大叔沉默了一阵，厌恶地摇了摇头。

"要是人都变成这样，日子可就没法过了。现在的人不一样了。我们这代人只会取够自己和家人吃的，可不会滥杀。现在，哼，现在那些渔业加工厂的人，可会想方设法去买枪。买买买，爬的也好，走的也好，飞的也好，上周，仅仅为了所谓的'寻欢作乐'，他们中就有人把两只秃鹰给杀了。我从来没听说过有哪一个人敢开枪打它们！[1]简直丧尽天良，我就是这么想的！"

尽管到我们这边来的人大多都是梅塞尔湾的人，偶尔也有来自"另一端"（我们的邻居用这个词指代港口和肖特湾）的人。一天下午，艾伯特突然汪汪大叫，我走到窗前一看，只见五匹装配着马鞍的大马，正战战兢兢地踏过连接梅塞

---

[1] 秃鹰为美国的国鸟，在北美地区被视为神圣的象征。——译者

尔湾和伯吉奥其他地方的人行桥。骑马的队伍是伯吉奥乡村医院的那对医生夫妇、他们的两个孩子，还有他们家的仆人——他们喜欢称之为"马倌"。除了马倌之外，所有人都穿着无可挑剔的英式骑马服——马裤、猎装、鸭嘴帽，手里还拿着短马鞭。紧随其后的是两只黑色的庞然大物，就像长毛猛犸象，它们被称为"纽芬兰犬"，实际上它们的祖先一个世纪前来自英国。

医生一家是两个新兴"贵族"家庭之一。作为来自英国的新移民，医生家可能认为自己比另外一家——渔业加工厂老板家的社会地位更高。两家人都决心在伯吉奥这个舞台上改写乡村绅士的社会标准，用炫耀性消费作为工具，毫不示弱地角逐谁的挥霍更豪气。当医生家购得一艘时速可达30节[1]的喷气式快艇时，渔业加工厂老板家随即买回来一艘富丽堂皇的游艇。这是一场不公平的竞争。医生一家是省卫生部门的受薪雇员，他们的花销必须在每年3.5万美元多点的固定收入之内，与老板和他的妻子可从几家工厂获得的收入相比，有点微不足道。

竞争也有其可笑的一面；对于这一点，伯吉奥的人倒觉得很有趣。医生家开始骑马，进口了两匹训练骑术的马，渔业加工厂老板家就立即买下了四匹纯种马。医生家也不甘

---

[1] 节，速度单位，常用于航海、航空等领域，1节相当于每小时航行1海里。——编者

示弱，又增添两匹马，外加一匹设得兰（Shetland）矮种马。老板家则又进口了四匹马，外加一头墨西哥毛驴；然后，为了在这一局中压倒对手，他又添购了一对秘鲁大羊驼！医生家放弃了，转而开辟新的竞争战场。

"不知道什么时候才能消停，"西门·斯宾塞酸溜溜地说，"我毫不怀疑他们肯定还会买回来长颈鹿，还有大象，直到把我们的地方都占完。"

回家一周后，我们的生活慢慢融入了梅塞尔湾的节奏，开始重新找回宁静的感觉，这是外港生活的一大好处：有时间沿着海边漫步，在沙滩上探寻；也有空去乡下徒步，偶尔还能瞥见驯鹿群；还可以去巴拉斯韦（Barasway）咸水环礁湖，那里周围全是白色沙滩，夏天的时候可是孩子们游泳聚会和远足挖蛤蜊的最佳去处。

一个阳光明媚的下午，艾伯特和我走过惊险的悬索桥——它连接着格兰德岛和西边的大陆，只有三英尺宽，天气不好的时候晃得就像一根跳绳；随后，我们登上海德山（The Head）陡峭的斜坡，上方是一个巨大的花岗石圆顶，冲破海面的冰层，耸出海面足有两百英尺。

我们爬到顶峰，极目远眺地平线上的岛屿和开阔的海面，这才发现，这绝佳的有利位置，我并非第一个发现的。早有人"捷足先登"，一动不动地坐在一块花岗石的边缘上，仿佛已化作一块伸出去的岩石。从他那瘦削的身躯和鹰钩鼻的侧脸，可以看出他就是梅塞尔湾的族长亚瑟·平克大叔

（Uncle Arthur Pink）。

亚瑟大叔正举着一架巨大的黄铜望远镜，从镜管里眺望伦贡特岛（Rencontre Island），那望远镜有些年头了，肯定比他还老。亚瑟大叔，七十八岁高龄，也是一位坚决恪守古法的渔夫。他的船是一艘优雅的扁平轻便小帆船，自己造的，装备了一台差不多上古年代的五马力发动机，开起来轰隆轰隆震天响。驾着这艘小船，他可以在任何天气去任何地方。大家是这样描述他的：

"啥也拦不住那个人！为了捉鱼，他甚至可以开着船到地狱去揪魔鬼的鼻子！"

亚瑟大叔远不止是一位打鱼好手。他还有一颗敏锐异常、爱刨根究底的脑袋。他所看到、听到、闻到或触摸到的一切都会化作他意识的一部分……成为他的记忆和思索素材。他一生都在细致地观察，观察海面上的一切，以及海面之下蕴藏的林林总总。

"晚上好，亚瑟大叔，"我招呼道（在西南海岸，正午过后的任何时间都是"晚上"），"在找鲸鱼吗？"

他放下望远镜，缓缓对我笑了笑。

"啊，船长。它们很聪明，不是吗？看见那边那条鲱鱼船了吗？全新的铁船，她有……可能两百吨都不止，我猜。还有各种捕杀鲱鱼的现代装备。我一直在看她捕捞。在距她不到半英里处有一群鲸。我也一直在观察它们。我敢打赌，它们捉鱼的方法比那些精良的设施，外加二十个渔民还要巧妙一倍。"

他高兴地呵呵笑着，这似乎有点奇怪。因为无论按照什么游戏规则来说，他都应该站在渔民这边，和任何与他们竞争的动物作对。不过，我知道亚瑟大叔是个鲸鱼爱好者。他十岁的时候，就开始跟着父亲驾驶一艘四桨平底船出海到企鹅群岛（Penguin Islands）危险的近海渔场。就是在那里，在帮忙捕鳕鱼时，他第一次遇到了鲸鱼。

"那时候，那里是个冬季渔场，条件也很苦。企鹅都待在离岸20英里的地方。除了一堆乱石和沉船礁外啥也没有，稍有一点风，浪花就像鹅毛一样翻飞，却是捕鳕鱼和鲱鱼的好地方。我们一般星期一划船到那里，待在那里捕满一船鱼……有时候得要十来天。到了晚上或者天气不佳的时候，我们就用一块帆布在岩石上扎营。"

"那时候，岸边还有很多大鲸鱼。渔业加工厂的船在企鹅群岛周围捕捞鲱鱼时，我们就在这里捕捞鳕鱼。有时候就我们一艘船，周围的鲸鱼让我们看起来像是置身于一个庞大的舰队之中。鲸鱼从未伤害过我们，我们也从不伤害它们。有好几次，一头雄鲸，有平底船五倍长，在我们身边换气喷水，近得你简直可以从它的喷气孔往下吐痰。我老爸认为它们是故意这么干的，算是一种玩笑，你懂的。我们一点也不介意，反正我们都穿着捕鱼服。"

"我还要告诉你一件怪事。只要它们在我们的渔场附近，我就感觉什么都不怕；不怕，也从不感到孤单。但是许多年以后，鲸鱼都被杀光了，我登上企鹅群岛，看着周围毫无生机，我有种感觉，世界被掏空了。是的，孩子，鲸鱼不见了，我想念它们。"

"这说来也奇怪。有人说鲸鱼不过是鱼而已。不，才不是！作为鱼，它们太聪明了。我也说不准，或许在这上帝创造的海洋中，它们还不是最聪明的吧。"

他沉默了好一会儿，才拿起望远镜往外看。"啊……也许就在这家伙的可视范围之外。"

# 第四章　鲸与人的历史

毋庸置疑，鲸不是鱼，尽管直到一个世纪以前，包括那些最了解鲸的捕鲸者在内的大多数人都认为鲸是鱼。穿越历史的长河，鲸鱼和人类的祖先都是出生在原始海洋温暖水域的生物，后来，它们把自己放逐到了干旱陆地的危险之境。在从两栖动物到哺乳动物漫长的进化过程中，它们仍然拥有共同的祖先。但是，大约五千万年前，鲸鱼的哺乳动物祖先选择回到所有生命的发源地——海洋，我们的哺乳动物祖先却留在了陆地上。鲸鱼祖先的后代现在约有一百种，被人类这个"大编录家"分为齿鲸和须鲸两个亚目。

齿鲸比较原始，种类繁多，因为它们包括所有的鼠海豚、海豚、抹香鲸、虎鲸和白鲸，以及海里的独角兽——一角鲸。除了可以长到六十英尺的抹香鲸，大多数齿鲸都较小，有些还不到四英尺长。

须鲸只有十一种，但它们在鲸的进化过程中逐渐名列前茅。大约八百万年前，当我们人类的祖先走出丛林，畏首畏尾地开始在非洲大草原尝试一种两足动物的新生活方式时，一些鲸鱼开始放弃牙齿，嘴里进化出流苏一样的鲸须，从上颚垂下，形成筛子，使其能够从海水中把大量的小鱼，甚至各种小型虾类生物过滤出来。世界上最庞大的巨兽竟然捕食最微小的动物，这似乎有悖常理，但这个系统却出人意料地运转良好。布丁好不好，吃了才知道；须鲸的确成了世界上目前存活着的最大型动物。其中有可长达五十英尺的灰鲸和大须鲸、六十英尺的露脊鲸和座头鲸、八十英尺的长须鲸（鳍鲸）；而一直以来最大的蓝鲸，可以长达一百一十五英尺，将近两百吨重。

虽然鲸鱼表面上和鱼类相似，它们和这些有鳞动物却没有什么共同之处。当它们重返海洋时，带着一种全新的智慧——这种智慧是陆生动物在面临巨大困难的过程中形成的，为了生存，它们别无选择。在哺乳动物身上，这种智慧得到了最大的发展。这种智力遗产共存于鲸鱼的祖先和那些终将演化为人的未知动物身上。

至于我们的祖先，为了应对生存的迫切需求，在骇人听闻的严酷竞争和自然条件中生存下来，智力则沿着陆生动物的路径不断增长；经此一役，人类最终演化出陆生动物中最发达的大脑，并借此成为有史以来最残忍、最具破坏性的生命形式。智力的至高无上使其能够驾驭其他任何生命，也使其能够摆脱束缚——那种自然的规约和制衡，它曾阻止先前的任何物种因横行无忌而作茧自缚。

鲸鱼的遭遇截然不同。它们的祖先回归大海，则是回到了一个与陆地比起来相当温和的存在。它们不必在这颗行星干涸、局限的二维平面上为生存而挣扎，那里被分割成小块，彼此之间是难以逾越的海洋；它们回到的是润湿、联通的三维立体水世界，正是这个世界把陆地包围、阻隔。在这里，它们可以随心所欲地自由来去，仿佛回到了一个温存的子宫：气候稳定，食物充沛，没有领地的攻防。这些返回水世界的鲸鱼始祖在陆地上练就了来之不易的生存技能，它们面对海洋里那些古老的冷血动物，就像从未来几百万年后的某个时间点穿越回来的时光旅行者面对我们一样，拥有显而易见的优势。

为了凸显相对于其他海洋生物的优势，鲸鱼在长达数百万年的时间内也在悠闲地进化着，并达到了对海洋环境近乎完美的适应。

另一方面，新兴的人类族群则必须在极其严酷的环境中拼命，为生存而战。他们不仅要与一系列体型和功能通常优于自己的其他动物斗争，而且还得应对同类的蓄意进攻，且常常升级为大战。面对大自然的这些制约，如果人类没有运用不断进化的大脑想方设法规避，那么这个种群终将灭绝。面对时常难以忍受的气候，人类学会了建造房屋、生火和制作衣服；面对体型优于自己的其他物种，以及来自同伴的致命攻击，人类制造了武器；面对如影随形的饥饿幽灵，人类开发工具来种植粮食。渐渐地，人类不再依靠自然进化来维系生存和赢得竞争，而是越来越依赖人造的替代品。人类发明了技术，也受制于技术。

鲸鱼从来不需要技术。回归海洋使它们能够作为自然生物成功地存活下来……同时，它们也和原始人类一样，被赋予了巨大的智力潜质。它们如何运用它——这个与我们人类共有的智慧遗产呢？我们无从得知。尽管自诩能够探索宇宙的秘密，但到目前为止，我们还没能探索到鲸鱼智力的奥秘。

目前的研究表明，进化稍好的鲸鱼大脑，就其复杂程度和能力水平而言，与我们人类大脑相当，甚至可能更优。显而易见，历经千万年，它们的思考能力已经稳步提升，甚至接近我们人脑的进化水平。这一切只有一个合理的假设：鲸鱼肯定在不断使用它们的大脑，不遗余力，在某个方面、以某种方式、为了某个人类未知的目的。因为自然有一条亘古不变的定律：如果没有持续使用，任何器官或功能都会萎缩、消亡……而鲸鱼的大脑肯定没有萎缩。

鲸鱼和人类从共同的祖先中分离而来，一个成为海洋中最高贵的生命形式，另一个变作陆地上可以驾驭一切的动物。终有一天，两雄相遇。此番相遇，并不是相互承认价值、彼此和平共处。类似的情景，已发生太多：人类主宰一切——我们选择了战斗。这是一场单方面的战斗，人类挥舞着武器，而鲸鱼只能垂死挣扎。

不知何时，人类和鲸鱼的血腥故事开始了。几个住在海边的部族开始划着皮艇或独木舟出海去对抗这些庞然大物，因为他们发现这种被海浪推到岸边的死鲸竟然可以给他们带来堆积如山的脂肪和肉。

在北半球，至少早在公元前两千年，这些原始人类就开始在葡萄牙海岸附近捕杀比斯坎露脊鲸（Biscayen right whale），可能还有现在已经灭绝的大西洋灰鲸（the Atlantic grey whale）。

在北美，图勒文明（Thule culture）的土著居民捕杀北极露脊鲸（the Arctic right whale），而太平洋海岸的印第安人捕杀灰鲸，还有一些大西洋海岸的印第安人捕杀灰鲸和座头鲸。

在上面的捕杀中，所用的方法基本相同。桨手划着敞篷船尽可能靠近鲸鱼，其中一人用带倒钩的骨质尖头鱼叉刺上去，鱼叉上系着一条生皮线，后面连着一个皮革鱼漂。很多时候，武器插入太浅，会折断或松动；或者，大鲸潜入深海，小船在呼号声中沉没；或者鱼线被扯断；或者鱼漂被拖着漂远，捕猎的人难以追踪。

只有在少数情况下（实际上一定极少），捕猎者才能够锁定鲸鱼，不断地往它身上插入更多鱼叉。直到最后鲸鱼折腾累了，他们才追到它身边，用弱小的长矛刺上去，竭力杀死它。由于很难刺中要害部位，他们只能耗到鲸鱼血尽而亡，这个过程凶险异常，这只发狂的动物随时可能会拍碎船只，甚至可能直接拍死他们。即使成功杀死了这个大家伙，他们还得把它拖到最近的海滩；如果风向和潮汐配合，这可能要耗时几个小时甚至几天，但也可能一顿折腾之后还是徒劳无功。

现存的部落传统，以及古代厨房遗迹中很少发现的鲸骨，都清楚地表明，任何原始捕鲸团体每年要是能杀死两三头鲸鱼就算成就非凡了。而且也用不着再多杀，他们捕鲸是为了食用，一头鲸够几家人吃很久很久了。因此，早期人类并没有威胁到鲸鱼一族的不断壮大。

现代人类也没有对鲸鱼带来多少威胁，直到13、14世纪，欧洲人建造出了能久驻大海的大船。这种船最早的用途之一，就是在深海或远涉重洋捕鲸；第一个敢于进行这种追捕的族群是巴斯克人。他们"捕捞"比斯坎露脊鲸和大西洋灰鲸。这些鲸不仅在他们活动的水域中很常见，而且行动缓慢、警惕性不高；此外最重要的是，它们被杀死后不会沉下去。如果运气好的话，一艘巴斯克船可以驶近一头灰鲸或露脊鲸，这样，站在船头的鱼叉手就可以用一根沉重的锻铁标枪掷向鲸鱼，标枪被一个弯钩牢牢地固定在船上，即便是鲸鱼也难以挣脱。鲸鱼拽着大船，最终会体力耗尽，然后被刺死，这样做几乎没有任何风险。

巴斯克人仍然把死鲸拖到岸上处理，但捕鲸的目的发生了重大变化。这些新捕鲸者捕杀鲸鱼并不是为了食用。相反，他们剥掉层层的鲸脂，切下鲸须片，然后把巨大的鲸体翻入水中，任其漂向大海。

　　他们想要的只是鲸油和鲸须；在日益城市化的欧洲社会，鲸油被用以照明，鲸须被制成"角"窗和器皿。这样，鲸鱼就从可食用的猎物变成了一宗商品。情况演变至此，人类对鲸族而言不再无关痛痒，而是变成一个索命的天敌。从此刻开始，这个星球上最能干的杀手们所能想出的一切武器和手段，都被用来不分季节地屠戮鲸鱼。

　　巴斯克人的捕鲸效率很高。到15世纪末，他们已经使比斯坎露脊鲸数量减少到几乎无可捕杀的地步，而且有证据显示，他们还把东部的大西洋灰鲸消灭殆尽了。然而，在北边很远的地方，还有一个更大的种群——北极露脊鲸，也叫弓头鲸（bowhead）、格陵兰鲸（Greenland whale），叫法很多。为了追捕这数量庞大的鲸种（据估计，在大捕杀开始之前，北极露脊鲸的数量超过了五十万头），巴斯克人于1410年闯入格陵兰岛海域，在拉布拉多（Labrador）和纽芬兰海域捕鲸，直到1440年。他们悄然依托建立在官方"未知"海岸上的海岸站，把捕获的鲸鱼拖到那里"切割"并提取鲸脂。不仅如此，在15世纪末，巴斯克人又向前迈进了一大步：他们发明和完善了船载鲸油提炼设备，可以直接在海上对鲸鱼进行解剖以提取鲸脂。

　　从那时起，远洋捕鲸就演变为一场世界范围内的贪婪屠杀。屠刀之下是那些航船可以追上的慢速鲸鱼，它们脂肪很厚，被杀之后也不会沉入海底。它们主要是抹香鲸、座头鲸、灰鲸和露脊鲸。到19世纪中期，多达两千艘船无情地横扫南北大西洋、太平洋和印度洋，年复一年。这些船从新英格兰、荷兰、波罗的海诸国（the Baltic States）、挪威、法国、英国和其他几十个地方起航，为其金主赚取巨额财富。到1880年，曾经数量众多的巨大鲸类已经被猎捕得七零八落，只剩零星残鲸。

这种屠杀骇人听闻。在20世纪末，捕鲸活动似乎趋于终结，因为对鲸鱼的需求减少……或者，更准确地说，能够捕到的鲸鱼减少了。

海洋中仍然有为数不少的巨鲸——这一点肯定让捕鲸者和商人勃然大怒。这些是被他们称为"须鲸"的须鲸科鲸鱼——蓝鲸、长须鲸、大须鲸和一些较小的种类。这些须鲸里就包括体型最大、动作最敏捷、头脑最聪明的鲸鱼。

这些鲸鱼们小心警觉，大多数游速都能达到时速二十海里以上，更重要的是它们那相对较薄的鲸脂层并不能产生浮力，正是这种浮力给灰鲸、座头鲸、露脊鲸和抹香鲸等带来了厄运。其结果就是，如果一艘帆船特别幸运，捉住并杀死了这样一头鲸，这个庞然大物会立刻沉入大海，然后，便没有然后了。

有很短的那么一个时期，须鲸们躲到了人类的势力范围之外。但是，挪威人——有史以来最残暴的海洋掠夺者，也是迄今为止杀伐最甚的海洋生物杀手——介入进来，搭上一手。大约在1860年，他们把犀利的蓝眼睛转向须鲸，并开动他们那维京人的大脑。十年不到，他们发明的方法不仅宣判了须鲸的末日，更给残存在地球上所有海洋中的大鲸们带来了厄运。

他们用三种新武器攻击鲸鱼。第一种是鱼叉枪。这是一门大炮，它发射一根系着鱼线的重型鱼叉，鱼叉可以深深地扎进鲸鱼的要害部位，随后叉头的一颗炸弹爆炸，撕裂鲸鱼的内脏并撑开鱼叉粗大的倒钩，这样鲸鱼就无法挣脱了。第二种便是蒸汽捕鲸船。这是一种小型的蒸汽动力船，速度快，操作方便，可以轻而易举地追上须鲸。第三种是一种中空的长矛。它可以深深地刺进死鲸的身体，并向里面注入压缩空气，直到鲸鱼膨胀、漂浮起来。有了这些发明，挪威人实际上掌控了全世界的捕鲸业。

到了19世纪末20世纪初，挪威人的海岸站（用于处理鲸鱼尸体）像瘟疫一样在世界上每一个附近能发现鲸鱼的海岸上蔓延开来。在1904年，仅纽芬兰海岸就有18家这样的海岸站，平均每年加工1200头鲸鱼，其中大多数是须鲸，年年如此！[1]

全世界范围内的屠杀规模巨大，当然利润更是丰厚。到1912年，所有的大鲸，包括蓝鲸、两种露脊鲸、长须鲸、

---

[1]　并不是所有对须鲸的捕杀都是用新设计的鱼叉枪完成的。在20世纪的第一个十年里，挪威人在卑尔根（Bergen）附近的一个峡湾里，用一种难以置信的野蛮方法捕杀鳕鲸和长须鲸。鲸鱼被船只驱赶到峡湾，入口被网封住。然后，他们把长矛掷向这些庞然大物。矛的利刃在早先杀死的鲸鱼的腐肉里浸泡过，受困的鲸鱼被感染，悲惨地死于败血症或坏疽。——原注

抹香鲸和座头鲸等鲸类，几乎都从北大西洋销声匿迹；另外，北太平洋海域的灰鲸也已难觅踪影。

如果不是第一次世界大战爆发，这些鲸类中有几种可能已经在北半球灭绝。"一战"爆发给了这些残存鲸鱼短暂的喘息之机，尽管不足以恢复元气。如果挪威人在战后继续大肆捕杀，剩下的幸存者也将很快被消灭。

挪威人之所以没这么做，是因为大约在1904年，他们在南极海域发现了数量巨大的鲸鱼群——迄今为止，这些鲸鱼的数量依然庞大。在这几十年里，其他海域的鲸鱼几乎被捕杀一空，只有这里有一个避难所。当挪威人嗅出它们的踪迹时，一队队迅捷而冷酷的捕鲸船迅速向南涌去，从福克兰群岛（Falkland Islands）和南乔治亚岛（South Georgia）的海岸基地对鲸族发起一场新的、更彻底的屠杀。

然后，在1922年，一位名叫卡尔·安东·拉森（Carl Anton Larsen）的挪威人，给捕鲸业带来了终极改良。他的名字应该和鱼叉枪的发明者斯文·福因（Sven Foyn）一样被钉上人类的耻辱柱，永世曝光。他发明了现代工厂船。它本质上是一艘非常大的货船，尾部有一个大洞，借此可以将一头近百吨的鲸鱼拖进一个整合了屠宰与加工功能的浮动工厂。它的出现，免去了对海岸站的迫切需求，也省去了耗时而费力的鲸体拖拽。而随行的捕鲸船、浮筒船和拖船，以及可以维持六个月或更长时间航行的航次储备，使这些工厂船可以向南达到南极冰层的边缘，覆盖整个南极海域。

随之而来的对南极动物种群的大屠杀在人类历史上前所未闻。人类的破坏天赋和源自人类技术的邪恶力量结合在一起，把南极冰冷、湛蓝的海水染成了深红，那是从鲸族心脏里淌出的血液。20世纪30年代初，这种屠杀逐渐升级，每年死去的鲸鱼多达八万头！

第二次世界大战的爆发使南极蓄意屠杀鲸鱼的行动暂停，却给世界其他海洋中还在缓慢恢复的鲸鱼带来了新的灾难。海上战争主要是潜水艇和水面舰艇之间的较量，随着战争的推进，潜水艇——只不过是一个人造的鲸鱼仿制品——受到越来越复杂和持续的攻击。

像声呐和水下探测器这样的技术奇迹被改进到能够精确地探测和跟踪水下物体，并能引导深水炸弹和其他致命装置命中看不见的目标。虽然据我所知，从来没人调查过，甚至没有公开讨论过，但毫无疑问，数以万计的鲸鱼是被那些使用舰船或飞机"猎杀"潜艇的人杀死的。

一位曾在北大西洋的护卫舰和驱逐舰服役四年的加拿大皇家海军（Royal Canadian Navy）指挥官告诉我，他认为，他的舰艇发射的深水炸弹有很大一部分投向了水下的鲸鱼，而不是潜艇。在军舰和商船上，经常可以看到被炸死或被深水炸弹炸上来的鲸鱼尸体在海上漂来漂去。战争是致命的，不仅对人类，对那些最无辜的旁观者，那些与我们共享地球资源的其他生命也一样。

在此，我愿意回答一个被问过好几次的问题：既然鲸有这么大而发达的大脑，为什么它们还不能避免被人类毁灭的命运呢？答案似乎显而易见。鲸鱼从未涉足过技术这种神秘技艺的领域，因此对这种最致命的灾祸毫无防备。随着时间的推移，它们可能会进化出某种防御手段，但我们并未给它们时间。这一回答引出了一个相反的问题：如果人类有如此非凡的智慧，为什么无法避免几乎持续加速的自我毁灭进程？假如人类真的是最先进的生物，为什么会威胁到地球上所有生命的生存？

"二战"结束时，南极鲸鱼的数量并没有增长，但捕鲸者们还是精神饱满地带上更凶残的武器开工了。先进的声呐装置、雷达和从新型浮动工厂（有些吨位达3万吨）上操控的侦察飞行器，都配备到了强大的新型捕鲸船上，而且它的航速可以轻松达到20节。在这种强大的组合面前，任何进入"死亡舰队"那广泛的电子侦测范围内的鲸鱼，存活的概率都微乎其微。

到20世纪50年代早期，蓝鲸迅速走向"商业性"灭绝，因此捕猎者将主要精力放在了长须鲸身上。他们的杀戮成就非凡，到1956年，幸存的长须鲸一族从20世纪初的100万头锐减到不足10万头。仅1956年，就有25289头长须鲸被屠杀，占到海里残存总数的四分之一！到1960年，世界上所有海洋中的蓝鲸可能仅剩2500头（存活到现在的不足千头），南极的长须鲸大约仅剩4万头。它们的数量变得稀少，分布又广，远洋捕鲸队几乎无利可图，于是他们把目光投向了个头较小的鲸鱼——鳕鲸（塞鲸）。

尽管20世纪50年代末的官方捕鲸活动统计数据表明，地球上的大型鲸鱼正濒临灭绝，但并没有人采取有效措施来中止这场杀戮。一些忧心忡忡的生物学家建议捕鲸业设立有效的配额制度，既让捕鲸者能够无限期持续捕捞，又能给鲸鱼族群至少部分繁衍之机，可惜无人采纳。捕鲸船队的老板们毫不遮掩，他们就是要捕杀，直至其灭绝，只有动作落后的人才会倒霉。

几乎没有人公开反对这种精心策划的灭种政策。相反，还有大量的小说、纪实书籍和电影，都在赞美这场屠杀，大家都在颂扬鲸鱼刽子手的勇猛无敌和男子气概。

的确，1946年成立了一个组织，公开声明其目的是保护受威胁的鲸类，并规范捕鲸活动，这就是国际捕鲸委员会（International Whaling Commission）。其总部（现在仍然）在挪威[1]，而挪威恰巧聚集着世界上最高效的捕鲸者。尽管雇用了许多心地善良而又专心致志的人，但实际上委员会还是由捕鲸者说了算，也是为他们服务的。如此一来，它不仅没能保护和留存濒危的鲸群，反而沦为妨碍大众了解真相的工具。为了掩盖屠杀背后的贪得无厌，它颁布了一些看似明智、人道的法规，实际上却毫无用处……有时甚至让情况更糟。

---

[1] 国际捕鲸委员会总部在英国，此处可能有误。——编者

委员会的第一项举措就是建立配额制度，即每个国家只能捕杀一定数量的鲸鱼。这完全是一项毫无意义的举动，因为当时设定、而后一直维持的配额数量，远远高于鲸鱼所能承受的数量。有规定禁止捕杀个头小的鲸鱼，或者正在哺育幼鲸的母鲸，但这些规定大多数时候形同虚设，无人遵守。最虚伪的法规——发布时还大张旗鼓——就是最终禁止捕杀蓝鲸、座头鲸和所有种类的露脊鲸。这些措施是在所有这些物种濒临灭绝，不再具备多少商业价值，而且实际上都面临着种族灭绝的威胁之后才实施的。这些条例发布了，却没有被强制执行。例如，日本人为了规避约束，谎称在南极发现了一种新的鲸鱼，他们称之为"小蓝鲸"。因为它不在配额之内，也没有被列入禁止捕杀的保护物种之中，日本人便开足马力横扫这最后的育儿袋，而南极本来最有希望为行将灭绝的蓝鲸保留最后的种子。

此外，几乎所有的远洋捕鲸船队，不论国籍，都会时不时地抓走受保护的鲸种，借口都是不小心认错了。更糟糕的是，许多国家允许他们的捕鲸船为了"科学研究"捕杀大量受保护的鲸种。在科考的幌子之下，1953年至1969年间，全世界总数不到1万头的灰鲸（也属于受保护的鲸种）中，就有近500头被俄罗斯、加拿大和美国的捕鲸船杀死，其中，仅美国就捕杀了316头。在过去的三年里[1]，加拿大东海岸

---

[1] 应指1969—1972年。——编者

的捕鲸船以科学的名义捕杀了43头珍稀的座头鲸（这种曾经数量众多的鲸种，当时幸存的已不足2000头）。虽然科学家可能确实对这些牺牲的鲸鱼进行了研究，增加了他们对死亡动物的解剖知识，但不可否认，这些鲸鱼的尸体也确实成为捕鲸公司的财产，他们对其进行商业加工以谋取利益。

国际捕鲸委员会自诩是保护陷入困境的鲸鱼的勇士，进而借此赢得公众的认可，成为该领域的权威。但它所造成的难以估量的伤害让我不得不强调，国际捕鲸委员会的作用就是加速了其扬言要保护的大部分鲸种的灭亡，同时粉饰着对生命的犯罪。那些犯过罪和正在犯罪的，就是捕鲸船背后的强权个体、行业和政府，但最终将无可避免地牵涉到，我们每一个人。

# 第五章 消失了五十年，巨鲸再次回到伯吉奥

1911年冬，阿特大叔（Uncle Art）目睹大鲸从西南海岸消失。

"大约1903年，挪威人在拉胡尼角（Cape La Hune）东部的一个海湾建了一座工厂，叫巴雷娜（Baleena）。孩子，那个地方真脏！他们有三四艘装备了鱼叉枪的蒸汽捕鲸船，从没停过。大多数时候，每条船都会拖回几头蓝鲸或者长须鲸，岸上的人快速把它们分解。十英里外都能闻到那个地方的气味，还是从上风口！"

"还有漂浮着的鲸鱼尸体！他们把鲸脂剥下来后，就把尸体扔掉，尸体发胀，肉都黑了，高高地漂在水面上，样子好吓人。有几天我出海，还以为一夜之间海上多了几个从没见过的岛屿。一眼就能看到五个或十个这样的东西，每个的上空都有成千上万的海鸥在盘旋，黑压压的一片。"

"那年冬季天气特别差，比不得好年景，我几次跑去企

鹅群岛打鱼，几乎都没有见到鲸鱼。到了二月，天气好转，我赶紧进到渔场。那是个捕鱼的好兆头，我在那边的岛上待了六七天。一天早晨，天很冷，一点儿风也没有，我正在乱石湾（Offer Rock）附近撒网，突然听到一声巨响。我的平底船都被震得一颤。"

"我转过头，是一头长须鲸，我还从没见过这么大的。我的孩子！大到离谱，有海岸渡船那么大！它在水面上使劲哀号，每叫一次，血就喷到空中，足有二十英尺高。它待在那里，离我十几个船身远，我能看到它黑黝黝的背上有一个洞，大得可以放进一根木头柱子。它肯定是被一支鱼叉枪射中，然后鱼线脱落了。"

"我得承认，我当时真有点儿害怕，从没听说过这样一头受伤的猛兽会干出啥事。我想悄悄地把船桨插入桨孔，它却径直向我扑来。我待在原地、紧紧抓着船桨，妄图把它挡开。可它并没有靠太近，快到右舷边上的时候，它改变方向，潜入深海。之后，我再也没见过它……没有，也没有见过其同类，五十年了。"

"二战"后，在纽芬兰的南海岸几乎没人见到过大鲸的踪迹。后来，在20世纪40年代末，从租借的纽芬兰东南部阿真舍（Argentia）海军基地[1]起飞的美国海军飞机，才开始

---

[1] 阿真舍海军基地位于加拿大的纽芬兰省，在圣约翰市西南160公里处，1940年12月开始修建。因其重要的战略位置，阿真舍海军基地成了"二战"期间盟军在北大西洋中的一个关键基地。——译者

偶尔在某片海域发现一头大鲸鱼。这些目击事件的新闻是在20世纪50年代中期曝光的，因为当时有人获知鲸鱼已经被用来帮助海军进行反潜训练。执行巡逻任务的航空机组人员接到指令，把发现的任何鲸鱼都假定为俄罗斯潜艇。鲸鱼成了坦克炮、火箭炮和深水炸弹等各种炸弹的目标！

1957年，《圣约翰晚报》（*St. John's Evening Telegram*）的改革派专栏作家哈罗德·霍伍德（Harold Horwood）发出抗议，才致使阿真舍当局承诺不再将鲸鱼作为攻击目标。然而，十年来被袭击致残或杀害的鲸鱼数量从未公布。大概，这又成了机密。

为"捍卫自由"而牺牲鲸鱼的，当然不止美国军人。大多数国家，只要有警戒海岸，有飞机、舰船演习，都很可能曾以类似的方式虐待鲸鱼，且很可能仍在这样做。

尽管受到了美国海军的"特赦"，一些大型鲸鱼还是游进了半个世纪前挪威人在南纽芬兰水域制造的鲸鱼真空地带。这些鲸鱼可能是从纽芬兰北部和拉布拉多南部的沿海水域逃出来的。1945年，挪威人回到那里，恢复了对鲸鱼的进攻，并在威廉斯波特（Williamsport）和霍克斯港（Hawkes Harbour）建立了海岸捕鲸站。在之前相对自由的三十年里，这片海域的长须鲸摆脱了猎人的捕杀，数量得以回升。但好景不长，六年时间，这两个捕鲸站共捕杀了3721头长须鲸；直到1951年，这两个站因再难找到猎物而变得不景气，不得不关闭。

到了20世纪50年代末，在纽芬兰南部和新斯科舍东部的海域，可以越来越频繁地看到鲸鱼群，有长须鲸、大须鲸等，偶尔会有几头座头鲸和抹香鲸，甚至还有罕见的蓝鲸，不知道它们是从哪儿来的。1961年12月，亚瑟大叔和乔布大叔正在伯吉奥群岛的亨特斯岛附近拖着鲱鱼网捕鱼，突然，两头长须鲸从附近水域冒了出来。

"鲸鱼回来了！这是我平生看到的最棒的景象！"亚瑟大叔回忆道。

"它们一点儿都不怕我们。那个月海里的鲱鱼多得就像弥漫的浓烟，饿极了的鲸鱼像野狼一样捕食。鲸鱼在我们的渔网附近扫了一两下，鲱鱼就直接在前方涌出了水面。那些鲱鱼撞进我们的渔网，满满的一网啊，我们只好一路拖着，靠岸后找人帮忙才拉了上来。"

这两头鲸鱼和另一头成年长须鲸，还有一群小鲸鱼，一直待在伯吉奥附近的海域，直到1962年4月，才和鲱鱼群一起消失。

起初，鲸鱼现身这里，给年轻的渔夫带来了忧虑。他们除了道听途说，其实对鲸鱼一无所知。因为去年夏天发生的一件事，他们特别担心自己的渔具。当时，一头二十英尺长的格陵兰鲨（Greenland shark）侵入了群岛之间的狭窄水域，跌跌撞撞地向西闯去，一路撕扯鲑鱼网，直到身上挂满鱼绳和渔网坠子，重得连它强壮的肌肉都撑不住，最后溺死了。

鲨鱼算是身形庞大、破坏性强的怪物了，但它与长须鲸相比，却是小巫见大巫。长须鲸的破坏力可大多了。可这些鲸鱼却没干什么坏事，没有碰过渔网或船锚，更没有威胁过捕鱼的船只。几周过后，渔民对鲸鱼就习以为常了，鲸鱼明显也愿意与我们和平相处。据我所知，从来没有渔民提出"要做点什么"来对付鲸鱼。

渔民能接受这种大家伙，有人认为是因为他们没有对付这种庞然大物的有力武器，但我认为不是这样的。对于在自然环境中捕猎的人来说，他们的反应是正常的：面对另一种他无力应对的生命时，他就无须应对，况且它并没有对自己构成任何威胁或造成什么不便。伯吉奥渔民的人生态度是：活下去，同时，也让别人活下去。

不幸的是，并不是所有的纽芬兰人都这样想。大鲸回来的消息很快就传到了斯莫尔伍德省长灵敏的耳朵里，他可不会让这种"开发自然资源"的机会白白溜走。

在纽芬兰水域出现了一种叫作巨头鲸的齿鲸以后，斯莫尔伍德就盘算着要从它们身上捞点儿油水。它们体型小，身长很少超过十八英尺；数量多，喜欢成群结队，有时多达数百头。它们最喜欢吃小乌贼，经常为捕食小乌贼而深入纽芬兰狭窄的峡湾。在这里，捕杀它们就很容易了。

斯莫尔伍德打算搞水貂养殖，用巨头鲸的肉来喂养它们。很快，几个水貂农场就建成了（其中最大的一个就是斯莫尔伍德省长的），对巨头鲸的屠杀随即展开。迪尔多湾是最受欢迎的杀戮场。一旦鲸鱼群闯进这个峡湾，他们就用几条船封住入口，另一些船上的船员则拿着配备的猎枪和其他制造噪音的东西，弄出巨大的声响惊吓这些小鲸鱼，驱赶着它们搁浅在峡湾的浅滩上。到1965年，5万多头鲸鱼在纽芬兰岛海域被斧斫、棍打、矛刺而丧命，它们的尸体化作水貂的食物。屠戮如此迅猛，巨头鲸库存告急！于是他们不得不雇了三艘挪威捕鲸船来猎捕小须鲸。它们最多只有三十英尺长，是须鲸家族中最小的，此前从没有被看上眼，现在却面临灭顶之灾。

斯莫尔伍德也觊觎大鲸鱼。他邀请国外利益集团再次激活纽芬兰北部海岸的鲸鱼屠宰场，以提供大量的补贴及配套措施为激励，最终保证捕鲸者几乎可以为所欲为。日本人欢天喜地接受邀请，重开威廉斯波特的工厂，并和挪威人联合出资提高了迪尔多渔站的处理能力，使之能够分割大的须鲸。很快，这两个渔站的捕鲸船就远涉重洋，进入百丽岛（Belle Isle）海峡，直抵拉布拉多海岸，每年拖回三四百头长须鲸。这两个站点在1965年到1971年间累计杀死2114头长须鲸（还有几百头大须鲸、抹香鲸和小须鲸），直到今天仍在运营。根据加拿大政府授权的配额制，这两个渔站，加上新斯科舍省的第三个站，在1972年可以捕杀360头长须鲸——这几乎是他们捕捞能力的极限了，这一数字的背后是北大西洋西部长须鲸总量的锐减。至少有一位生物学家证实，这一数量可能已锐减至不足3000头。很可能这三个渔站根本找不到360头长须鲸来杀，不过关系不大。对其他鲸种的杀戮可没有配额限制，所以他们终年不歇地捕杀，想少赚一点都不太可能。然而，如果他们真的能杀够如此大配额的鲸鱼，那么他们就和加拿大政府一道，为消灭这种全球总量不足6万头的鲸种，做出了重大贡献。

长须鲸在伯吉奥得到的平和接纳，与我大约同时在圣皮埃尔港目睹的另一件事形成了鲜明对比。圣皮埃尔港距离纽芬兰的南海岸只有几英里，是法属圣皮埃尔－米克隆岛（St. Pierre-Miquelon）的首府，也是唯一的港口。那里的大多数居民也是打鱼的，但港口内遍布着商店、旅游设施、轮船修理厂，以及衷心拥护现代工业化的人。

1961年8月，月黑风高，我把纵帆船停在圣皮埃尔港一个散发着腐臭味的码头。时近午夜，我来到甲板上抽烟，周围一片寂静。突然，一阵沉重的声响打破了宁静，像是呼吸，就在我身外不远处的水里。我一惊，抓起手电筒向黑漆漆的水面照去。只见平静的海面上海水翻涌，激起一圈圈巨大的波纹，神秘莫测。我正寻思这是咋回事，又传来一阵喷气声。我循声照向港口，刚好瞥见一头、两头、三头……一共十几头鲸鱼又黑又宽的脊背，它们静静地划破油腻腻的海面，喷气，然后滑入海水深处。

我看到一群巨头鲸，正朝着内港污浊的水域游去。它们一定是迫不得已，因为任何自由游动的动物，只要头脑清醒，是不会心甘情愿地进入这污水坑的。后来，一位当地的拖网渔船船长告诉我，在巨头鲸进来的当天，他在港口峡湾附近遇到了一小群虎鲸。人们通常认为虎鲸很凶残，其实并不是，不过，有时候它们会捕食巨头鲸幼崽，而进入圣皮埃尔港的巨头鲸身边刚好跟着几头幼鲸。

我去睡觉时，鲸鱼还在那儿巡游。我睡得很晚，但醒得很早，是被吵醒的——舷外引擎的咆哮声、人们激动的叫喊声，还有甲板上传来的脚步声。我把头探出舱门，结果发现半个圣皮埃尔港的男人都来了，还有许多妇女和儿童簇拥在海边。

港口上空有一层薄雾。两艘马力十足的汽艇在雾间穿进穿出，油门全开，一路咆哮。其中一艘的船头站着一个青年男子，手里挥舞着自制的长矛，那长矛是用一把猎刀绑在船桨的末端做成的。第二艘船上也是个年轻人，他的膝盖上横放着一支步枪。两艘船都在疯狂地追赶这些巨头鲸，其中大约有十五头成年鲸鱼和六七头小鲸鱼。

鲸鱼们惊恐万分。只要哪头鲸鱼露出水面，两艘船就向它冲过去，岸上各种枪支也是一顿齐射。这些大型动物根本没有浮出水面喘息的机会，偷吸一口气就不得不赶紧潜入水中。小鲸鱼们因为缺氧，下潜的动作也变得迟缓。那个手握长矛的鱼叉手一次又一次凑上前去，用他的猎刀猛刺其中一头鲸鱼的后背，港口脏兮兮的水面上马上漂起一条条深红的血带。很明显，无论是枪炮——主要是点22口径的步枪，还是长矛，都不能一下子把鲸杀死；但他们的目标似乎并不是杀死鲸鱼。事实上，展现在我面前的就是一场寻欢作乐的游戏。

我感到震惊和愤怒，却又无法阻止这场杀戮之欲肆无忌惮的表演。这时我的一个渔夫朋友——泰奥菲尔·德奇韦利（Theophille Detcheverey）——走上船来，我毫无保留地说出我的痛苦，他无奈地耸了耸肩。

"在大快艇上的那个，是这里最有钱的商人的儿子。另一个，拿长矛的，是个法国人。他两年前来到这里，说是要用木筏横渡大西洋，但我看他直到今天才从酒吧里出来。他们简直是畜生，对吧？但我们可不是。你看，这里没有渔夫帮着他们干这脏事。"

这倒是真的，对大鲸鱼们来说，这或许是个小小的安慰。圣皮埃尔港的渔民们一大清早就动身前往鳕鱼水域，当他们开着小平底船满载而归时已是下午。此时港口里的激动情绪逐渐达到了高潮。所有空闲的高速游艇都加入了这场游戏。港口周围已经被围观的人挤得水泄不通。有人为了看得更清楚，跑到我的甲板上来，我把他们统统赶了下去，至少赶了几十个人；面对我的气愤，他们则报以嘲讽。十几个小时，一刻不停，船只一波又一波地追逐着鲸鱼。一堆又一堆手持步枪的人站在海港码头最外端，只要巨头鲸试图朝那个方向逃跑，他们就"突突突"一阵齐射，其中还有大口径武器。无法承受这密集的火力，鲸鱼们被迫放弃了从唯一的出口逃跑的企图。

临近傍晚，鲸群已经筋疲力尽，大都汩汩地冒着鲜血，它们开始涌进港口前面危险的浅水区，船只无法跟到那里。它们躺在那里，喘着气、翻滚着，直到恢复足够的力气再回到更深的水里。它们多次直接从我的船下面游过去，简直太漂亮了……它们是海洋的霸主，现在却听任陆地上双脚直立的刽子手摆布。

黄昏了，寻欢作乐者们收工回家吃晚饭。观众散场，迷雾重重，一切重归寂静。我重新坐回甲板上，耳畔回响着鲸鱼的呼吸声，那是一种很奇怪的哔哔声。想到黎明时将会发生在它们身上的一切，我便无法回舱入睡。最后，我解开小艇划出海港，进入浓雾弥漫的黑暗中。我有一个不甚清晰的愿望，希望能在天亮后新一轮的痛苦来临之前，把这群鲸鱼赶离海港。

这种感觉简直不可思议，也让人神经紧绷。我悄悄地划着小船，穿行在湿漉漉的迷雾之中，也不知道鲸鱼可能在哪儿。它们的尺寸——最大的一定有近二十英尺长，还有在海水中神秘莫测的存在，让我感到恐惧。此境，与熟悉的世界隔绝，我仿佛漂浮在一个完全陌生的世界，没有任何安全感。此时，一个念头冒了出来——是个人都会那样想——倘若这些野兽稍有报复之意，我肯定在劫难逃。

突然，我感觉心跳都停止了！整个鲸群浮现在我周围。一头幼鲸就在我扬起的船桨正下方喷气，在水柱的冲刷中小船轻轻地晃动。我本该心生恐惧，但我一点也没有！也不知道为什么，我不感到害怕了。我开始悄悄地对这些猛兽讲话，警告它们必须离开。它们待在水面或水下，游得很慢——也许仍然疲惫不堪，我很容易就能跟在它们身边。它们一次次地在我周围浮出水面，尽管它们中的任何一头，即使是最小的幼鲸，都可以轻易地把我的小艇打翻，它们却尽量避免碰到船身。我开始感到与它们之间产生了一种难以言说的共鸣……有一种越来越强的挫败感。我怎样才能帮助它们摆脱明天的浩劫呢？

我们——这个由人类和鲸鱼组成的小型船队——慢慢地环绕着海港转圈，它们却不愿意靠近海港的出入口。也许是因为它们知道虎鲸还在附近，也许是因为对恶毒弹雨的忌惮——白天的时候，每次它们试图逃跑，都会遭到如此恶毒的对待。

最后，我决定铤而走险。在它们游到离海港出入口最近的地方时，我突然朝它们狂吼，并用船桨疯狂地拍打着水面。它们马上潜入海里，潜得很深、很远。再次听到它们喷气时，已经很远了，但依然在海港内侧！它们再也没有向我靠拢。我做了错事——人类常做的错事——我的行为使它们不再接纳我。

破晓时分，鲸鱼还在海港里。在酒吧里度过了漫漫长夜，圣皮埃尔的天才寻欢作乐者们已为一场大屠杀做好了准备。

清晨，潮水开始退去，六七艘船驶了出来，在海港入口处排成一排。慢慢地，他们开始扫过海港，驱赶着鲸鱼慢慢靠近浅滩。当大鲸鱼下潜想要绕回去时，它们又像前一天一样，遭到防波堤上的步枪射击。其中最大的一头似乎是领头鲸，它尝试带着大家逃离，其他鲸鱼紧随其后。这场景看起来像是一个僵局，直到有三头小鲸鱼在防波堤的炮火下被迫脱离了队伍。掉队的鲸鱼陷入了恐慌，在水面上全力逃窜，后面的快艇则步步紧逼。它们不顾一切地闯过海港，冲入浅滩，而潮水正在急速减退。几分钟后，它们绝望地搁浅了。

男人和男孩们，像十足的死神一样嚎叫着，手持斧头和砍刀冲进没膝的水中。他们周围的水面荡起一个个漩涡，上面漂着一层厚厚的鲜血。那头领头的鲸，出于一种我永远无法解释的冲动，向着那三头被搁浅、被残害的鲸鱼冲了过去。旁边的人乱作一团，逃窜的、跌倒的、哭喊的。然后大鲸鱼也搁浅了。其余的鲸鱼紧随其后，也很快搁浅。只有一头幼鲸还在水中。它漫无目的地游来游去，就守在那片死亡浅滩前，几分钟后人们就顾不上它了。小船向着搁浅的鲸群蜂拥而至，船上的人们纷纷跳下船，你推我搡，争先恐后地试图在这场屠杀中搭上一手。一头鲸鱼被刺穿，鲜血喷涌，飞溅到他们的头顶——一场鲜红的暴雨。人们扬起血淋淋的脸，擦掉血迹，在掌控生死的狂热中大笑着、叫嚷着。

终于有人注意到了那头水中的幼鲸。无数的手臂，血红而凶狠，急不可耐地比画着方向。一个男人跳进他的快艇。引擎轰鸣，他以最快的速度绕到对面，径直向那头幼鲸冲去。在这样的浅水区，幼鲸无法下潜，撞上来的快艇差点倾覆。被撞的幼鲸扭着身体转圈，疯狂地拍打着尾鳍，搁浅了。

在血淋淋的浅滩上，所有的鲸鱼都血尽而亡，但劈砍还在继续，持续了很久。四五百人兴致勃勃地欣赏着这一"奇观"。这是圣皮埃尔的盛大祭典。在之后的一整天里，巨大的尸体面前总围着一群人，盯着它们看。我印象特别深的是一个小男孩，应该不超过八岁，骑在一头幼鲸的尸体上，用一把小刀不停地戳它的身体，他的父亲则站在一旁鼓励着。

圣皮埃尔的"市民"也不是唯一欣赏这一奇观的人。许多美国和加拿大游客目睹了这场表演，一个个正忙着在这些死去的巨兽旁拍照留影，还盘算着带回家向人显摆一番。

这是一场辉煌的展览……后续却不那么辉煌了。那么多吨腐烂的鲸鱼肉是不能留在原地的。因此，第二天，几辆大卡车出现在岸边，旁边躺着二十三头巨头鲸的尸体。这些鲸鱼被吊塔一个接一个地吊起来，装上卡车，有的太大，就用铁链拴在后面。这些卡车运着尸体，或载或拖，穿过小岛，来到一处悬崖边。这些鲸鱼沿着陡峭的崖壁，一头头滚下去，终于回归了自由的大海。

# 第六章　在伯吉奥近距离探究鲸的奥秘

从记事起，对鲸族的好奇就一直伴随着我。孩提时代，祖父常常给我唱一首歌，开头是：

> 有一头鲸鱼住在北海，
> 大大的骨头宽宽的尾……

这首歌的后文描述了这头特别的鲸鱼是如何主宰其世界的，直到有一天，它在自己的领地发现了一个陌生来客：一头闪闪发亮的银色大鱼，它固执地拒绝承认鲸鱼的主宰地位。鲸鱼生气了，用尾巴拍打着入侵者。这是一个致命的错误，因为这头奇怪的鱼实际上是一枚鱼雷。

这首歌的寓意（那个时代所有的儿歌都有一个寓意）一定是：霸凌行径将得不偿失。但我从来不是那样理解的。这首歌一直萦绕在我心头——我非常同情那头鲸，觉得它是受害者，是一个卑鄙万分的诡计的受害者。

随着我逐渐长大，对非人类的生命形式越来越感兴趣，鲸鱼成了其他非人类的生命形式尚未向我们展示的终极秘密的象征。只要碰到关于鲸鱼的文章，我就会贪婪地读；从我阅读的所有资料，可以得出以下结论：由于人类的贪婪，鲸似乎注定要消亡，要把它们的秘密随身带入虚无之中。

在来伯吉奥定居之前，我实际上从未见过任何大型鲸鱼。我知道它们被摧毁的速度有多快，所以压根没想过会亲眼见到它们。然而，刚到那儿没多久，就听说上一年冬天有一小群长须鲸在伯吉奥群岛过冬。它们有可能再回来！这让我兴奋不已，也促使我决定在梅塞尔湾安家。

第一次见到亚瑟大叔后不久，我就问他鲸鱼会不会回来。他说，肯定会。我对此深表怀疑，直到1962年圣诞节前夕。

这一天寒冷而乏味，天空阴沉，在半透明的薄云中可以看到幻日。克莱尔和我正在厨房里看书，这时奥尼·斯蒂克兰德轻轻地走进来，告诉我们梅塞尔湾的岬角附近有鲸鱼在喷气。

我们抓起双筒望远镜就跟他出来，沿着积雪覆盖的岬角往前走。在离海边不到四分之一英里的地方，几股水汽急促地喷向空中，散开，悬浮在静止的空气中。我们只能依稀瞥见这些巨兽的身影：光滑的黑色隆起，像活动的岩石，沉浸在墨黑色的海水中。能看到这些，我就知足了，那一刻我激动至极，如醍醐灌顶：秘密就在这里——此刻——就在家门口。

这是一个由四头长须鲸组成的大家庭，那个冬季剩下的日子里，它们就在伯吉奥海域度过；要是哪天透过朝向大海的窗户望不见它们，我一整天都会心情沮丧。亚瑟大叔很喜欢它们待在周围的感觉，他在海上撒开鲱鱼网，大部分时候并不是为了捕鲱鱼——我真的这么认为，而是可以名正言顺地待在海上观赏他的巨型朋友。在岸上的时候，他也同样兴致勃勃，可以一连坐上好几个钟头，跟你聊他这一辈子所知道的有关这些大海兽的事情；渐渐地，我开始透过神秘的面纱偷偷地瞥见一些东西。

在随后的几年里，鲸鱼们每年都会早早地回到我们的海岸，从十二月开始，一直待到鲱鱼群离开，那通常已是第二年四月的某个时候。每年冬天，我们都热情不减，盼望着它们的到来。对它们感兴趣的可不止我们。总之，伯吉奥的渔民们似乎都对这些巨兽抱着一种粗犷而友好的态度。鲸鱼和渔民之间没有冲突，它们总是小心翼翼地避开渔具；在捕食鲱鱼方面，渔民和鲸鱼也不是竞争对手，渔民只想放少量作为拖网鱼饵，外加几桶可供食用的腌鲱鱼。面前海水中的鲱鱼没有上亿条，也有几百万条，对鲸鱼和人类来说足够了。

鲸鱼和近海的渔民变得亲密无间。鲸鱼们常常在几码[1]

---

[1] 码，长度单位，1码约等于0.91米。——编者

远的地方浮出水面，旁边可能就是平底小渔船、小帆船，甚至是四十英尺长的远洋轮船。它们喷气，再大大地吸一口气，然后又自顾自地继续捕食，而一旁的人类——渔民们也同样自如地忙自己的。

亚瑟大叔深信，大鲸对我们的渔民怀着一种近乎仁慈的宽容，就像一个复杂行业的大师傅有时候对待那些忠厚却愚钝的学徒一样。大家就这样相安无事，直到外国的商业围网船抵达。

虽然解剖学家以及类似的学者可以告诉我们一些关于死鲸鱼身体结构和组织的知识，比如它们是什么，却不知道它们如何运作。对鲸鱼的活动和生活习性，科学了解得出奇的少，更不要说解释它们在水中世界的独特能力了。我有一位朋友，是这个时代最重要的鲸类学家之一，他最近这样总结这些领域人类的知识现状："我们生物学家对鲸的生活所知甚少，材料还不够高中生写一篇论文的。"

鉴于几千年来人类对大鲸的兴趣很大程度上局限于如何杀死它们，这倒不怎么奇怪。只是在最近几十年里，我们的现代科学家们才真正着手把它们当作活物来研究。而当我们的科学家开始对此感兴趣时，很多鲸种早已所剩无几；况且，它们还散布于如此广袤的水域，我们这些陆地上的人类能凑巧偶尔瞥几眼都算是幸运的了。一个试图探究鲸鱼生活奥秘的现代科学家所面临的窘境，就像另一颗行星上的居民，悬浮在大气层之外，试图透过包裹地球的大气云海来厘清人类生命的错综复杂。

幸运的是，那些专业科学研究所能拼凑起来的东西，并不是我们了解鲸类唯一的途径。长须鲸要捕食鲱鱼（至少在某些季节，在特定海域），而每年冬天鲱鱼都会冲入纽芬兰南部海岸未结冰的近海，有一段时间这些大型哺乳动物几乎就生活在我家门口。加上还有像亚瑟大叔这样对其他生命形式抱有经久不衰好奇心的人——这是在大自然中讨生活的人的特性，因此我们实际上比我的科学家朋友还了解那些大鲸。

我得承认，像亚瑟大叔这样的人帮了我很多，我要提醒读者，本书中几乎所有关于长须鲸的必要描述，都很大程度上借鉴了这些自然观察者的观察和提示。比如长须鲸晚上是如何捕食的？这样明显而基本的问题，我却一直找不到解释的资料。是亚瑟大叔给了我解开这个小秘密的钥匙。通过随后的进一步观察，再辅以一些关于鲸鱼声呐的科学发现，我才对长须鲸如何自食其力的问题有了更广泛的了解——我有些震惊。

1967年冬季的一天，我和亚瑟大叔站在梅塞尔湾高处，观看一艘鲱鱼围网渔船（现代科技的神奇产物）与一群长须鲸比赛捕鱼。亚瑟大叔兴致勃勃，我也觉得十分有趣。

想象一下：一艘新型的围网渔船，一百多英尺长的钢铁船身，加上柴油动力机和复杂的电子装置，具备了人类最高的现代技术水平，却用来追踪和捕捉大约一英尺长的小鱼。

开工的时候，鲱鱼船首先通过一个复杂的回声定位系统来定位鲱鱼群，一个声音脉冲发射出去，在水中遇到任何物体都会反射回来。折返的回声"标示"在一张慢慢展开的感光纸上，一个密集的鲱鱼群将在这张纸上清晰地显示出来，包括深度和距离。鲱鱼船循着这个电子影像靠近鱼群。到了适当的位置，渔船便"发射它的围网"，一张精细的渔网被准确地撒出去，围住鱼群，然后，渔网"收缩"，它的底部边缘被拉到一起，渔网的周长缩小，鱼儿聚拢成一堆，就像一个巨大的抄网挂在船边。接着一根很大的吸管放入渔网，把鲱鱼从网里抽出来喷射到船舱里。从头到尾，可能需要几个小时来完成这一系列复杂的操作。

现在再想象一下：一头大型的长须鲸，头、肌肉、肌腱和大脑合在一起有八十英尺长，它们是为了最高效地捕捉那些一英尺长的小鱼，身体才进化成这个样子的。

鲸鱼定位鲱鱼群要么靠视觉（长须鲸的水下视力非常好），要么靠高度复杂的回声定位系统，在水中发送超低频率的声波脉冲[1]。这种低频"声呐"具有宽波束效应。在一到数英里的范围内，如果有东西在它的前面、下面或上面，它都会以返回回声的模式"看到"。如果是一群鲱鱼——鲸鱼能大概区分和辨识鲱鱼，不会与类似大小的其他鱼类混

---

[1] 新的证据表明，长须鲸可能也拥有，并且使用类似于许多齿鲸所具有的高频窄波束声呐。它能够远距离扫描物体，也可能用于远距离通信。——原注

潲——鲸鱼则以正常的水下巡航速度（大约8节）冲向目标。

当接近鱼群时，它会突然加速，速度可达20节。接近目标后，它会改变航向，像鱼雷一样快速绕着鱼群盘旋，不断向内呈螺旋形收缩。做这些动作时，它侧着身子，肚皮朝向鲱鱼。与它灰黑色的背部不同，它的腹部呈现出一大片耀眼的白色，具有很强的反光性。

鲱鱼群被这闪光的光圈包围着[1]，紧紧地挤在一起，就像被一副围网兜住一样。光圈（反光构成的"网"）不断缩紧，鲱鱼也被逐渐聚拢，最后鲸鱼突然张大嘴巴冲向那堆拥挤的小鱼。

仅仅靠速度，加上大嘴巴，还不足以给它的努力带来足够的回报，所以它使用了另一个非常特殊的装置。它身体的整个下半部，从它有力的下巴下面一直延伸到肚脐附近的位置，都是可以展开的褶沟，里面布满褶皱，像一架巨大的手风琴一样。所有须鲸都有这种褶沟，长须鲸身上约有一百条。当一头长须鲸在高速运动中突然张开嘴，静止的水产生的强大压力就会作用于整个身体前端，使这个部分胀大到极致，像一把完全打开的手风琴。这样，它能吞下去的就不是几桶海水和里面的鲱鱼，而是几乎好几吨的海

---

[1] 长须鲸利用反射光"聚集"鲱鱼，这解释了另一个小问题——体表颜色惊人的不对称。腹部的白色部分在鲸鱼右侧的侧腹上延伸得比它的左侧高得多。我推测这是因为正在捕食的鲸鱼按顺时针捕鲱鱼群，这就意味着它的右侧面对鲱鱼群，这样在鲸鱼还没有侧身并收缩包围圈之前，它的反光屏障效应就已经开始发挥作用了。——原注

水和里面的鲱鱼。然后闭嘴，收缩控制褶皱的肌肉，把多余的水从嘴角的缝隙喷出，鲱鱼则被挡在鲸须板的滤网上。当嘴里只剩下鲱鱼的时候，它再用舌头把鲱鱼一点一点地从小得惊人的食道挤入腹中，也就是它的第一个胃。整个过程大约需要十分钟。

人类围网船只能捕捞在海面或海面附近的鲱鱼、毛鳞鱼以及其他小鱼；长须鲸却没有这样的限制，它可以潜得和它捕食的鱼类一样深，甚至更深。长须鲸无疑能够在至少300英尺深的水下毫不费劲地游30分钟，有时还能潜得更深，停留更久。我们不知道它们究竟能潜多深，但曾有一头长须鲸被鱼镖射中，上面一个深度记录器显示它下潜的深度是1164英尺。

上文所描述的捕鱼程序似乎是长须鲸白天捕鱼的方法，到了晚上怎么办呢？据观察，它们有时也会在黑暗中捕鱼。在夜间，回声定位和白天一样有效，但光屏障效应可能收效甚微。显然，长须鲸在漆黑的夜晚不使用"围圈—聚拢"系统，而依赖于直接快速地对一群猎物发起冲锋。

这一方式相对低效，因此经常在夜间捕食的长须鲸似乎都是孕期或者哺育期的母鲸。因为她们吃得更多，更频繁，几乎是需要连续不断地进食。

鲸和技术捕捞人员的捕鱼方法很相似，令人惊叹；但它们之间又有本质的区别。当鲸鱼兜住了一吨或两吨的食物后，它就不再捕鱼，而是自由自在地做任何鲸鱼想做的事情。但人类的鲱鱼船则遵循另外的工作理念。除非这艘船上装载的鲱鱼已经达到200吨的刻度，否则船上的人类会一直捕捞。

在现代人对海洋开始凶残的开发之前，海洋里到处都是鲱鱼和鲸鱼。现在情况变了，在大型鲸鱼几乎灭绝之后，人类正迅速地对鲱鱼施以同样的手段。如今，北海（North Sea）曾经十分著名的鲱鱼渔场，鲱鱼正在迅速减少。在挪威、英国或其他欧洲国家的海岸，几乎没有任何具有重要商业价值的鲱鱼种群。不列颠哥伦比亚省（British Columbia）的鲱鱼渔场曾经是世界上最富饶的鲱鱼渔场之一，几年前也已经被捕捞殆尽。到1967年，超过五十艘现代大型英国哥伦比亚围网渔船，穿过巴拿马运河（Panama Canal），长途远航到加拿大的东海岸，在那里"清除"芬迪湾（the Bay of Fundy）、圣劳伦斯湾（the Gulf of St. Lawrence）、纽芬兰南部海岸附近水域里的鲱鱼。

这种捕捞最初几年成效显著。1969年，仅在纽芬兰水域的围网渔船就捕捞了12万吨鲱鱼。它们最后几乎全变成了用于农业和工业的鱼粉和鱼油，只有微不足道的一部分被直接用作人类的食物。到1970年，尽管更卖力，捕捞量还是下降了三分之一。鱼类生物学家在1971年采集的样本显示，新生（新一代）鲱鱼的成长速度远远不够填补鲱鱼种群的空缺。一项有力的预测显示，到1980年，在加拿大东部水域，即使不是整个北大西洋，鲱鱼渔业都将停产，因为鲱鱼将几乎灭绝。

鲱鱼的消失将给大量具有重要商业价值的鱼类带来饥饿的威胁，如鳕鱼、大比目鱼、黑线鳕，甚至三文鱼，这些鱼类的生存都严重依赖鲱鱼。反过来，这些鱼类又是不断激增的人类族群越来越不可或缺的食物来源。

那些高效的新型鲱鱼加工厂老板可不担心这个问题。这些工厂在加拿大大西洋沿岸如雨后春笋般出现。它们机械化程度高，成本低，雇佣人数少。大部分工厂建在西南海岸，运营三年就能收回投资成本。它们现在非常赚钱，老板们希望继续大赚特赚，即使鲱鱼被捕绝了，还可以把目标瞄准其他的基础鱼类，它们是北方大型鱼类的食物，而这些大型鱼类则在无数个世纪以来维系着人类自身的生存。围网捕鱼船选中了毛鳞鱼：一种纤细、美丽的小鱼，只有在北方水域才有，目前其数量可与商业围捕之前的鲱鱼数量相媲美。

挪威人已经开始在大西洋东部海域捕捞毛鳞鱼，给其鱼类加工厂提供原料。两座纽芬兰工厂已经在进行相关试验。一位国际渔业公司的高管高兴地告诉我，预计毛鳞鱼的供应将"持续五到十年"。然后呢？后面的事情显然不是捕鱼产业感兴趣的。

对北大西洋长须鲸来说——如果真有长须鲸能活到那时的话——前景不容乐观。此外，同样不被看好的还有幸存的格陵兰海豹。它们主要以毛鳞鱼为食，曾经数量众多，但现在仍在遭到挪威海豹舰队的野蛮捕杀，其中还少不了加拿大人的帮助。

许多其他海洋生物赖以生存的毛鳞鱼和鲱鱼这一庞大的底层生物群行将灭绝，倒成了人类继续屠杀海豹和鲸鱼的一个理由。一个对捕鲸站和海豹船都颇感兴趣的人向我解释了原因。

"试图拯救海豹或鲸鱼都是无稽之谈。鲱鱼和毛鳞鱼，可能还有鱿鱼，都会进入加工厂，鲸鱼和海豹最终还是会饿死。我们不如趁它们还有点用处，杀了它们。"

一位负责保护海洋资源的渔业生物学家给了我另一个继续屠杀它们直至其灭绝的理由——我怀疑，他可能觉得这项任务已经超出了我们的能力范围——"很多从事'资源管理'的人说，由于污染，鲸鱼很可能无论如何都会消失，为了拯救鲸鱼而激动是很荒谬的。所有以鱼为食的物种都处于海洋食物链的顶端，它们的身体里聚集了诸如滴滴涕（杀虫剂，成分是双对氯苯基三氯乙烷，白色晶体）、汞和其他我们排放到海里的污染物。即使这些东西不能彻底杀死它们，也很可能使它们丧失生育能力，或者至少会缩短它们的寿命……当然，如果我们真的停止捕杀它们，肯定会减轻它们目前所承受的总压力，然后，谁知道呢，尽管有污染问题，它们可能还是会成功活下来。"

他们还有另一个开发残存鲸鱼的理由，与鲸种和大小无关。这就涉及建造一支现代捕鲸船队及其辅助产业所需要的极其沉重的资本投入。日本，现在世界上主要的捕鲸国之一，声称他们不能停止捕杀鲸鱼，除非赚回了所有投资；要是不继续使用捕鲸船队和工厂，将造成经济上的浪费，因为大多数东西都不能转作他用。据推测，拥有第二大捕鲸船队的俄罗斯、挪威和其他捕鲸国家，如加拿大，在这一点上也持相同态度。

但是，这些并不是继续屠杀鲸鱼的公开理由。鼓吹捕鲸的既得利益者坚持认为，我们必须继续捕杀鲸鱼，继续大量地为饥饿的人类提供蛋白质和脂肪，并为现代社会提供急需的工业和医药产品。这些观点，往好了说，是借口；往坏了说，就是彻头彻尾的谎言。从鲸鱼身上提炼出的任何一种产品，现在都能以同等成本合成出来。而且，就蛋白质和脂肪生产而言，比起我们今日仍对海洋生物施行的"灭绝猎杀"，持续的养殖更为高效。

然而，对这些说辞，我们不会表现出过多惊讶。毕竟，它们只不过是真实再现了现代人对周围世界的基本态度。开发、消耗、排泄……频率日益加快。这就是我们这个疯狂时代的写照。

就像在糖果店里无人管束的小孩一样，我们不停地吃，直到打饱嗝、腻得发慌，却依然不愿停下来；而如果我们依然继续，当糖果耗尽，肯定会饿死。现在，海洋资源就在急速消耗殆尽。

当地球被踩躏得无法再供养人类时，海洋还能够养活人类——这种美好的期望，已变成一种幻想，海洋早已被过度开发。权威渔业专家悲观而肯定地预测，在二十年内，海洋中的可食用鱼类数量将骤降到目前水平的一半以下，而在第二个二十年内，它们所面临的捕捞压力将至少增加十倍！

在纽芬兰水域对鲱鱼的可怕破坏已经严重影响了近海鳕鱼和相关鱼类的捕捞。考虑到越来越多的拖网船或小型拖网船队野蛮地对海岸附近稍大一些的食用鱼类的过度捕捞——这些船队分别隶属于几十个实力强大的国家，那么饵鱼的损失（主要是鲱鱼、毛鳞鱼）则意味着捕鱼行业将会提前终结，对大型食用鱼的任何捕捉都无法得以持续；这也意味着捕鱼业的终结，意味着成千上万人现有生活方式的终结。然而，并非所有人都把这视为灾难。正如我们用现代模板打造出来的典型的政治家斯莫尔伍德省长，他曾对我说：

"这将是一件好事。是的，一件很好的事，一件非常非常好的事！这意味着渔民们将不得不上岸从事产业工人的工作。你看，这会让他们过上更好的生活。这是一件好事！真的，对他们来说是世界上最好的事！"

# 第七章　与长须鲸家庭的"幸福邂逅"

尽管我渴望洞悉长须鲸的一切，令人沮丧的是，这注定难以实现，因为我只能在水和空气交汇的地方偶然见到它们。偶尔也有运气好的时候。李·弗兰克姆（Lee Frankham）是我的一个朋友，他驾驶着一架水上海狸飞机，有时会来拜访我们，并带我们沿着海岸飞行兜风。他帮我制造了一场"幸福的邂逅"。

1964年7月的一天，我们和他一起飞去参观被遗弃的拉胡尼角定居点，亚瑟大叔从前的家就在这里。那个下午晴朗无云，寒冷的海岸水域，海水显得格外清澈、透明。我们飞临白熊湾（White Bear Bay）宽阔的湾口，李突然把飞机侧身转向，微微向下俯冲。当他在海面上不足一百英尺的高度拉平机身的时候，我才发现我们正与长须鲸一家六口平行前进。

它们在水中并排前行，距离水面仅有几英尺。借用水手们的话说，它们是在强风下航行。李估计它们的前进速度至少有20节。

他控制油门，把速度降到最低，绕着鲸鱼慢慢转圈。从我们这个绝佳的视角看去，鲸鱼们就像在空气中一样清晰，而我们仿佛置身水里，它们身体和行动的微小细节都尽收眼底。如果不是鲸鱼在水下快速前进时海面掀起的迎风细浪，我们还真难察觉它们在不断前进。

与鱼类的尾巴不同，它们有力的尾鳍和尾柄垂直运动，懒洋洋地上下摇摆，似乎毫不费力。它们那巨大的桨状鱼鳍——其陆地祖先前肢的残余——几乎一动不动，这些器官的主要作用是保持平衡和控制下潜。

鲸鱼在水中快速前进——其水下航速人类潜艇几乎难以企及，水面上却看不到明显的湍流。整个看上去，就是六具精致的流线型身体悬停在绿色的大海上，不易察觉地随波摆动，仿佛组成身体的不是普通的肉体和骨骼，而是某种更微妙、灵巧的东西。它们的身体似有若无地弯曲着，非常精确地应和着某种强大而无声的水的节奏。

它们是无与伦比的美丽生灵。

"这就像在看一场精彩的芭蕾舞，"克莱尔评价道，"完美的控制与协调！它们不是在水里游泳前行……它们是在舞动前行！"

舞动吗？这似乎是异想天开，这些动物每头都重达七八十吨。但我找不出比克莱尔的描绘更生动的表达。

人，作为一种陆生动物，其感知能力比较僵化，在陆地之外，其理解未知生物的能力非常有限。在试图描绘鲸鱼这样重量级的生物时，人类不可避免地把它们与有史以来最大的恐龙（鲸鱼要大得多）相比，或与现存最大的陆生动物大象相比——"单头蓝鲸的皮肤可以装进十二头非洲象。"

我们看到过搁浅在海滩上或被捕鲸船拖上岸的大型死鲸，便误认为那就是鲸鱼本来的样子。一头大鲸，本就体型巨大（而且交易中的鲸鱼都是死的），在这时看来就是一堆庞然大物：就像一个软塌塌的大袋子，松松垮垮地塞满了肉、内脏和脂肪，只能依稀辨认出它曾经是一个活着的、有功能的实体。

活鲸其实完全不同。我们注视着长须鲸一家穿过白熊湾，这短暂的时光启示着我们，让我们深刻地感到，这种生物就是优雅的典范，它们与海洋世界的和谐交融，是人类无论在空中还是陆地、无论在真实的自然还是虚构的艺术中都永远无法探究的。

在看到它们第一眼之后大约十分钟，鲸鱼就像一个整体一样，浮出水面，喷了几口气，又吸了几口，潜入水下，全程保持全速前进，水面上看不到一点儿涟漪。它们在水上和水下都有很好的视力。可能看到了我们的飞机，或出于某种别的缘故，它们开始下潜，潜入深海。在我们的注视下，它们闪烁着微光，逐渐消失，就像正在沿着一条长长的隐形滑道向下滑行，一直滑向隐秘的大海深处。

第二次世界大战以来，人类突然对鲸鱼兴趣大增：它们是如何做到在三维世界的水平和垂直平面上如此迅速且平稳地移动的？激发这种兴趣的不是钦佩，甚至不是真正的科学好奇，而是人类"战士们"企图据此建造更好的潜艇，以便更有效地相互摧毁。这种好奇，有点反常，却引发了一些关于鲸鱼这种生物的神奇发现。而科学家所发现的一切都强化了同一个结论：鲸鱼是这个星球上有史以来最完美的生命形式之一。

有一件事让早期的研究人员非常困惑，那就是鲸鱼为何仅凭借肌肉这样"初始的"动力源、一对尾鳍这样简陋的传动装置，就能达到如此快的速度？

流线造型显然只是部分答案。大多数现代潜艇也仿照鲸鱼的身形设计成了流线型，即便如此，这些装备了最高效率的发动机和螺旋桨的潜艇，要达到鲸鱼的速度，消耗的能量却是鲸鱼的数倍。秘密似乎在于潜艇是刚性物体，鲸鱼则不然。在测试池中使用小鲸鱼、海豚进行的实验表明，克莱尔、李和我当时的感觉根本就是客观存在，我们看到舞动的长须鲸身体在波动，且闪闪发光。

显然，鲸鱼的外层——皮肤、鲸脂和紧邻的下层结缔组织——具有模拟流体运动的能力，使得它们自身就似一种液体物质。这种奇怪的特性产生了水动力专家所说的层流，其效果就是几乎消除了物体在水中快速移动时产生的正常湍流。层流的作用是润滑鲸鱼的身体（谁能想得到呢），使其几乎不产生摩擦或阻力。虽然我不能肯定科学家们是否已完全理解层流是什么，他们对它的效果却很清楚。例如，他们发现，与现代鱼雷同等大小的海豚，只需消耗十分之一的能量就能达到鱼雷的速度。

伊凡·桑德森（Ivan Sanderson）在他的优秀著作《追随鲸鱼》（*Follow the Whale*）中提到了一个经典案例，展示了鲸鱼超高的工作效率：一艘800马力的捕鲸船用鱼叉叉住了一头80英尺长的蓝鲸，鲸鱼开始拖着捕鲸船逃跑，捕鲸船被拖着高速后退了50海里远，时速达8节！仅靠蛮力可没法完成这一壮举。绝对不可能。这是鲸鱼近乎绝对适应海洋环境的证明。

鲸鱼究竟能游多快，我们不得而知。精确监测显示，一些较小的鲸类速度最高可达27节。背负了错误名声的虎鲸，短距离冲刺的速度可明显超过30节，而据目击者证实，长须鲸游得比它还快！与人类不同，长须鲸追求的终极目标并不是速度。多数情况下，它们似乎满足于以6—7节的速度游逛，以保存体力。

然而，人类虽然已开始了解一些鲸鱼这个活机器的机械原理，对鲸鱼的社会性质却仍然知之甚少。

齿鲸比须鲸更原始，它们就像狒狒和许多猴子那样群居。一个齿鲸群可能包括100多头齿鲸。一夫多妻制，或者至少是随机交配，似乎是齿鲸的普遍规律。团体或族群的所有成员都对彼此负有共同且普遍的责任。

成年雄鲸，有时候是成年雌鲸，会扮演领导者的角色，但所有的"人手"似乎都同样关心年轻鲸鱼的安危。当某个群体成员受伤或面临危险时，所有附近的成年鲸鱼都会聚拢过来帮忙。许多经过证实的报告反映，为了让生病的同伴浮到水面呼吸，齿鲸会用身体把它撑起来。有时一个齿鲸群会去帮助另一个族群落单的鲸鱼，这在动物世界里几乎是绝无仅有的。

　　在长须鲸中，社会结构似乎是以封闭的家庭为单位。我确信每一个长须鲸小队实际上是一个"核心"家庭，由一对成年的长须鲸夫妻组成，旁边跟着当年出生的幼鲸，还有一头或者几头还未婚配的幼鲸。长须鲸不仅是一夫一妻制，很明显，还是终身制，夫妻之间的关系非常紧密、牢固。

　　尽管长须鲸非常注重小家庭，但从更广泛的意义上来说，它们也很善于社交。有报道称，在鲸鱼数量还很多的时候，在一小片海域里，会有多达三百头长须鲸聚集在一起。它们是在进行家庭聚会，而不是个人聚会。一些捕鲸者说，这种聚会每年会举行两到三次，具有节日的性质；这时候，未交配的鲸鱼会向心仪的鲸鱼求爱，以组建新的家庭。

　　1964年和1965年冬天，大量长须鲸聚集在伯吉奥群岛之间，是鲸鱼返回伯吉奥海岸以来，数量最多的年份。

　　它们一共有五个独立的小队，总共30或31头鲸鱼。尽管一些家庭可能会短暂地聚在一起，甚至一起待上一两天，但它们最终还是会分散。每个家庭都保持着自己的凝聚力，也都有自己喜欢的渔场。

1964—1965年的冬天，见证了南纽芬兰海域几种须鲸重新返回的高峰和衰亡的开始。它们回来的消息不胫而走，传到了挪威人耳朵里。那时，挪威人和英国人、日本人、荷兰人、俄罗斯人一起，已经把南极水域的鲸鱼清扫得差不多了。

"二战"之后不久，资金雄厚的卡尔·卡尔森（Karl Karlsen）从挪威移民到新斯科舍省，成立了一个公司，开发来此下崽的成群海豹（白衣海豹，有人这样叫它们），它们每年春天都会来到圣劳伦斯海湾和纽芬兰北部海岸的浮冰上。

卡尔森收购了一支海豹船队，并在哈利法克斯（Halifax）附近建立了一家加工厂。1964年，他将工厂的业务范围扩展到捕鲸业，并使用挪威捕鲸船和挪威船员，开始追踪在新斯科舍和纽芬兰南部之间海域重新出现的须鲸。很快，他的大型海上捕鲸船，像两百英尺长的"托拉林"号（Thorarinn），就已经把捕捞范围延伸至距离布兰福德基地五百多英里的范围。这也暴露出国际捕鲸委员会的措施在保护鲸鱼方面的另一个无能之处。委员会已经禁止在北大西洋使用捕鲸船，公告是这么说的：为陷入困境的大西洋鲸群在海洋中心提供一个避难所。很少有大型鲸鱼会选择海洋中部的水域，它们更喜欢待在近海的大陆架附近，那里食物更丰沛。但大家对这一点讳莫如深。无论如何，这整个姿态都是毫无意义的，因为现代捕鲸船，例如"托拉林"号捕鲸船，捕鲸的范围非常广，那些从挪威、冰岛和加拿大东部的陆上基地出发的捕鲸船，几乎可以覆盖基地之间所有能发现鲸鱼的海域。

卡尔森的捕鲸船作业范围可达远东的大浅滩（the Grand Banks，位于纽芬兰岛东南的大西洋浅滩），第一年就干掉56头长须鲸；第二年，108头。1966年，他们"大放异彩"，宰杀了263头。接下来的一年，又杀死318头。到1971年底，卡尔森的工厂累计杀死1458头长须鲸[1]，此外，还有654头大须鲸，64头抹香鲸，以及一些小须鲸和座头鲸。到目前为止，在哈利法克斯加工的2000多头大鲸的大部分鲸肉都被作为"动物食品"出售，也就是说，用作宠物粮食。尽管确实有一些肉和油流入日本供人类消费，但在那里提炼出来的油脂有相当大比例被世界化妆品行业消耗掉了。

随着卡尔森公司的到来，大鲸在纽芬兰南部海域避难而获得的短暂休养期很快就结束了。

在1965年到1966年的那个冬天，只有两个长须鲸家庭返回伯吉奥。一家有四头，另一家只有三头；此外，还有一头孤零零的鲸鱼，我想应该是遭受捕鲸船摧残的一家人中唯一的幸存者。

"孤独者"是我们对那头鲸鱼的称呼，它会和这家待一会儿，再和另一家待一会儿，但更多的时候是独自待着。

---

[1] 从1964年到1972年，加拿大东部沿海的三座捕鲸站——威廉斯波特、迪多和布兰福德——共宰杀了3598头长须鲸；而1964年，大西洋西部的长须鲸估计有7000头。八年间，他们总共捕杀了5717头各类鲸鱼。——原注

奇怪的是，它最喜欢的捕鱼点似乎是梅塞尔湾的受限水域。在这里，它显然没有注意到周围几乎满是房屋、人群和停泊的船只，只是好几个小时地待在那里，心满意足地吃着鲱鱼——这些鲱鱼误入歧途，源源不断地涌入这条死胡同。冬天的傍晚，我在回家的路上常常听见它在峡湾里喷气。它使我了解了很多关于这个物种的知识，也许最令我惊讶的是，它会发音，这种声音，人的耳朵可以听到。

一个寒冷的下午，天色稍晚，我和西门·斯宾塞在梅塞尔桥上聊天，突然听到了低沉的敲击声；与其说是听到，不如说是感觉到。我们吃了一惊，转身向峡湾的方向望去，只见冰冷的水面上空悬着一柱水汽，随后逐渐消失。

"那是鲸鱼吗？"我惊讶地问。西门面色专注而困惑，皱起了眉头。

"以前从没听过鲸鱼这样喷气。但如果不是鲸鱼，又是什么？"

我们竖起耳朵，依然注视着那里。过了一两分钟，那声音又出现了，低沉而令人震撼；但这一次，小海湾的水面没有任何动静。四五分钟后，鲸鱼才浮出水面喷气，不过只有正常喷气的嗖嗖声。我和西门继续在那里站了大半个小时，人都快冻僵了，却再也没听到那仿佛是"天外之音"的声音。直到一年后，我才再次听到那声音，并且非常确定那就是长须鲸的声音。

1966年至1967年的冬季，克莱尔和我不在家。伯吉奥那些鲸鱼的朋友们正怀着不祥的预感等待着长须鲸一年一度的到访。大家都知道，今年对卡尔森的捕鲸船队来说是丰收的一年，在整个秋季的几个月里，当地的捕鲸者都没有看到过大鲸鱼"过境"。然而，在12月的第一个星期，亚瑟大叔很高兴地发现它们已经来了。

令人伤心的是，这是一支萎缩的鲸队——一个只有五头鲸鱼的家庭。

在12月的大部分时间里，这五头鲸鱼跟过去一样，在岛屿间奔忙；但在圣诞节那一周，它们安静的居所遭到了几艘大不列颠哥伦比亚省鲱鱼围网船的挑战。这些大型钢铁真空吸尘器开始无情地抽吸鲱鱼，让人毛骨悚然。他们的作业地点离陆地很近，好几次把当地渔民的渔网卷走，这引起了伯吉奥渔民的愤怒；但这些闯入者不在乎渔网，也不理会渔民的愤怒，更不关心鲸鱼。有一次，亚瑟大叔说他看到一艘围网船故意撞向一头刚浮出水面的长须鲸。这也太冒失了，因为船和鲸相撞对双方都是灾难性的。

鲸鱼不喜欢这些新访客。据奥尼和亚瑟大叔说，它们在围网渔船面前显得烦躁不安。这可以理解，因为围网船和捕鲸船都是由柴油发动机驱动，听起来都是类似的厄运般的声响。

在围网渔船抵达几天后，长须鲸一家放弃了岛屿间的水道，转向东边一个叫作哈哈湾（The Ha Ha）的小峡湾。即使是贪得无厌的围网船也不敢进入这个峡湾，那里有许多露出水面的岩石，可能会破坏他们昂贵的渔网。这些鲸鱼一直待在哈哈湾和附近的德娄普湾（Bay de Loup）附近，只有围网船离开去把捕到的鱼送到布列顿港（Harbour Breton）的鱼粉加工厂时，它们才返回来。有一次，只有一艘围网船在作业，亚瑟大叔和我就站在梅塞尔湾的岬角上，观看着鲸鱼展示它们高超的捕鱼技术。

哈哈湾里并不只有鲸鱼，还有几位渔民驾着敞口船在用鳕鱼网捕鱼。当鲸鱼靠近时，渔民有点担心他们的渔网。其中的两人，汉恩兄弟俩，道格拉斯（Douglas）和肯尼思（Kenneth）——这两个来自泥洞湾的男人，狐狸脸、身材矮小、不爱说话——甚至考虑把他们的渔具转移到更安全的地方。

"它们应该不会故意毁坏我们的装备，"道格拉斯·汉恩（Hann）回忆道，"但哈哈湾地方小，前头也没多宽的水。周围有六组渔网，我们想鲸群一定会碰到其中的一些……它们自己也控制不住。呃，抱歉，它们从来没碰到过。有时候，我们拉网的时候，它们正好从船下面经过，离得很近，你甚至可以用鱼钩挠挠它们的背。开始的时候，遇到这样的情况，我们常常用桨敲打船舷，大声喊叫，让它们转开；但过了一会儿，我们发现它们知道自己在干吗，而且不需要我们的掺和就能自动保持安全距离。"

"不过，偶尔也会很吓人。一天晚上，我们的发动机熄火了。我们开的是大渔船，桨上又不带桨架，只好手摇着船前进。天逐渐黑了，湾里只有我们一艘船，这时鲸鱼从四面八方围了上来。我们的船前进的方向，水深只有三十六英尺，它们像一颗颗黑色大子弹追着那群鲱鱼。它们冲过船旁边时，我们都能听到嗖嗖声。它们冲进鲱鱼群，大口吞食着，水面上的水花溅得老高。"

"我当时恨不得马上回家，躲进厨房。不过，那些鲸鱼可是航海好手，绝不会靠近来伤害我们。我们花了一个小时，在通往奥尔德里奇湾（Aldridges Pond）的航道上摸索着，那些鲸鱼就跟在我们附近。快结束的时候，它们不再捕鱼，只是跟在船后，好像知道我们遇到了麻烦。肯尼思说，也许它们是在帮我们推船；但我想那肯定是瞎猜。"

汉恩兄弟给我讲的遭遇，让我想起几年前在东边很远的赫米蒂奇湾（Hermitage Bay），有一位年纪很大的老人给我讲过的一个故事。这个人年轻时曾在高卢托伊斯（Gaultois）一家鲸鱼工厂工作，该工厂位于赫米蒂奇湾北岸。他回家的路程有五英里，需要横跨整个海湾，每逢周末，他都会划船回来和家人共度星期天。

一个星期六下午，在回家途中，他突然看见一群长须鲸。有三头，它们的举动有点不同寻常。它们不是稍微浮起来一会儿又潜下去，而是一直在水面上巡游。它们的路线和他的一致，等靠近了，这个朋友才看到它们在"肩并肩地"游泳——这是他本人的原话。中间那条鲸喷气比两边的快很多，喷出的水花是粉红色的。

"这不难看出是什么问题，"老人回忆道，"中间的那头鲸被鱼叉射中了，铁钩被扯掉，从捕鲸船手里逃了出来。叉头的炸弹一定是炸了，但爆炸深度不够，没杀死它。"

　　"我停下桨，不想打扰它们，可是它们根本不搭理我……只是不紧不慢地喷着气，从船边过去，顺着海湾向大海游去。它们离我很近，我敢发誓，两边的两头鲸撑着中间的那头。我觉得它们是用自己的鱼鳍撑着的。"

　　"这是我猜的。"

　　"等看不见它们了，我才朝家划去，后来也没多想。第二周都快过半了，有一艘纵帆船来到高卢托伊斯，我听到船长在讲他在格林岛（Green Island）外遇到三头鲸鱼的情形。他说，它们全浮在水面上，根本不下潜，正缓慢地向东游去。"

　　"这个船长正好驶向这些鲸鱼，船都快要撞上它们了！可不管他怎么做，鲸鱼根本没有下潜的意思，他只好转向。经过时，他才看见中间那头鲸背上有个环形的洞。"

　　"我断定这就是我遇到的那三头鲸鱼，大家都这么认为。那头鲸就是星期天早上被我们的某条船叉住，然后跑了的。另外两头鲸想把它带到什么地方去……有人说是去鲸鱼的坟地……但我只知道，它们想尽一切办法撑着那头生病的鲸鱼漂浮了五天，将近六十英里。"

　　奥尔德里奇湾是一个大约半英里长、几乎同样宽的海水围场，位于岩石地峡的中心，正好把哈哈湾和肖特湾隔开。奥尔德里奇湾和哈哈湾之间连有一条很窄很浅的"水道"，仅在高水位时容小船通过；而和肖特湾之间，则有一条更宽更深的海沟，形成一个相当大的海沟入口（见图示）。去哈哈湾捕鱼的人习惯取道奥尔德里奇湾来回，这样免去了他们从外海绕过半岛海角的漫长航行；要是遇到天气不好，取道外海还有危险。每天早上天刚亮，他们就穿过肖特湾，进入奥尔德里奇湾，再撑过水道，在哈哈湾撒网捕鱼；下

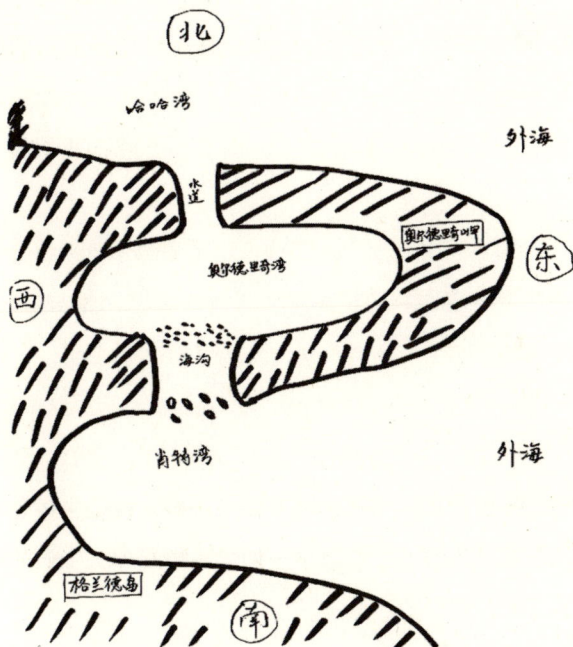

奥尔德里奇湾（Aldridges Pond）地形示意图

半晌，捕完鱼，满载而归，则返回奥尔德里奇湾，把船泊在奥尔德里奇湾的安全水域，开始剖鱼。

在伯吉奥的那些年，克莱尔和我只去过一次奥尔德里奇湾；没想到，我们回家还不到两周，这里就成为焦点和舞台，上演了一出戏，且最终改变了我们的生活。

# 第八章　怀孕的母鲸被困奥尔德里奇湾

气象预报说1月20日星期五将有东南大风——伯吉奥海岸最严重的风暴，汉恩兄弟急匆匆地从哈哈湾收工。云越来越低，四周风雪交加，正午一过他们就拖起了最后一网。清理完毕，拍掉自制手套上的冰碴，他们便开着小小的五马力的"大西洋"号，轰隆轰隆地往家赶，朝着通向奥尔德里奇湾的水道驶来。他们一整天都没有看到鲸鱼，当关掉引擎，开始用篙把船撑过水道口时，肯尼思还跟哥哥打趣，说鲸鱼一定也听到了天气预报。

"鲸鱼肯定知道围网渔船都躲起来了，对此我毫不怀疑。这样它们跑去岛屿之间捕食就清静多了。"

"它们可喜欢了！"道格拉斯回答着，担忧地瞥了一眼阴沉的天空。

汉恩兄弟任由渔船向西漂过奥尔德里奇湾，此时他们正忙着把捕到的不多的海鱼剖干净。不到一个小时，他们就干完了。船向南驶进通向肖特湾的海沟时，他们发现汹涌的潮水正冲进奥尔德里奇湾，自己则在逆流行驶。旧船不停地摇摆、反复偏离航向，肯尼思不得不在船头划桨帮助保持航向。这时，他发现水里全是鲱鱼。

"我敢说我从来没见过这么密集的鱼，"他回想着说，"离得很近，我们的船都可以浮在它们的背上。它们就像被鬼撵着一样涌进奥尔德里奇湾，可能是有东西在后面追赶。刚进入肖特湾，我就看到菲什岩（Fish Rock）的正前方有两条水柱。给我们的感觉是，这些鲸鱼正铆足了劲儿捉鱼呢。"

过去几天，汉恩兄弟注意到，尽管奥尔德里奇湾几乎算是内陆，它对鲱鱼的吸引力却越来越大。之所以这样说，是因为这些小鱼在围网渔船的逼迫下，被迫躲到船只无法到达的地方。不管什么原因，奥尔德里奇湾里聚集了大量的鲱鱼，多得随着潮水的涨落似乎都在溢入溢出。

尽管发布了大风预警，却只吹了一整晚的"和风"。房顶上的风速表显示风速是40节，克莱尔和我上床休息时，能感觉到附近马斯特湾（Mast Cove）的海浪冲击悬崖激起的强烈回响，不过风也只吹了一阵。天还没亮，就刮起了北风，天放晴了，海面也开阔起来。

汉恩兄弟俩有一大家子人要养活，干活很卖力，早早就拖着装备出门，天还没亮就驶进了奥尔德里奇湾。他们"突突突"地驶过奥尔德里奇湾，没发现什么异常，当快要驶出水道时，却发现从哈哈湾进入水道的入口附近聚集着几头鲸鱼。恍惚中肯尼思认为鲸鱼是在守株待兔，抓那些退潮时从奥尔德里奇湾溢出的鲱鱼，此刻他满心都在担心他的渔具，并没有多想。

兄弟俩随后很高兴地发现他们的渔网完好无损，更惊喜的是里面竟然已装满了鳕鱼。他们花了好几个小时才清理完这些鱼，然后重新架设起渔网。他们满载而归，准备从水道折返，又一次在入口处与几头鲸鱼擦肩而过。他们仍旧没太在意，就用篙撑船通过了水道，把船泊在奥尔德里奇湾北岸的一块岩石旁，开始剖鱼。

才剖了几分钟，一个声音就吓了他们一跳。按理这声音出现在外海是司空见惯的，但偏偏是在这个奥尔德里奇湾里，着实出人意料。"呼呼呼"，一头长须鲸正在喷气，似乎"都快到船上"了。事后谈起当时的情形，健谈、易激动的小个子肯尼思仍然惊叹不已。

"我告诉你，我们真的太意外了。抬头一看，几个测量链外，刚喷完气的长须鲸正滑入水中，她[1]喷出的水雾仍悬在空中。"

"简直难以想象，这么大的鲸鱼能跑进海湾里来。水道那边的水位肯定不够她游过来，就连南边连接肖特湾的海沟，水深也没超过十五英尺。但她就在那儿，显得巨大

---

[1] 汉恩兄弟当时并不知道这头鲸是雌性，只是被她巨大的体型震撼，不由自主地用女性"她"来指代它，就像他们用"她"来指代轮船一样。——原注

无比。"

"我们继续剖鱼，但告诉你，我们一直盯着，看那头鲸在哪里。她在水下待了很长一段时间，再浮上来的时候，像一艘战舰朝着南边的海沟驶去。我大喊一声：'道格，快看！她要搁浅了！'"

"我们俩都站起来看着她。她速度丝毫不减，一路冲到海沟入口处。我敢肯定她会被卡在半道。但最后一刻，她改变了主意，掉头朝我们这边冲来。速度太快了，掀起一阵水浪涌出海沟。如果这时有船进来，肯定会被掀翻。她转弯的时候速度很快，整个身体都横过来了，真是个大块头！我们估计她有六十或七十英尺长，甚至更长。"

后来的一个小时，汉恩兄弟继续剖他们的鱼，大鲸狂乱而徒劳地冲刺着，仿佛在积攒勇气，想从海沟闯过去。一次又一次，她在接近奥尔德里奇湾中央的地方浮出水面，然后突然加速，朝海沟的方向冲去，但每次都在最后一刻放弃。她一定知道，速度再快，冲力也不足以让她穿过横亘在海沟入口处的浅滩。

"我在想，"道格·汉恩回忆说，"她是不是顺着潮水潜进来的，因为当时正在涨潮，涨得都快赶上春潮[1]的高度了。我们想也许晚上潮水涨到最高的时候她就能出去了。"

处理完鱼，汉恩兄弟才发现自己处境不妙。一方面，

---

[1] 春潮，阴历水位最高的潮水。——原注

他们可不想正行驶在海沟里时，被哪一波鲸鱼冲刺掀起的浪头给打翻；另一方面，他们也不愿意驾着满载的渔船折回哈哈湾，进入外海，再绕道奥尔德里奇岬（Aldridges Head），迎战风暴过后汹涌的巨浪。最后，他们决定把船贴着岸边，慢慢驶向南边的海沟，看看情况如何。

划到离海沟入口处不到一百码的地方，鲸鱼才注意到他们。他们小心翼翼地就近把船靠岸，不知道下一步该怎么办。这时鲸鱼在奥尔德里奇湾中央浮了起来，掉头朝向他们。

"接下来发生的事，是我所见过的最怪的。"肯尼思记得很清楚，"以前看到鲸鱼喷气——我觉得我看过千百回了，只有头顶、些许背鳍和背部会露出水面，但是这一次……她慢慢地朝着我们的方向游来，下潜，然后我们就看到她站了起来，整个头都露出水面，像悬崖那么高，用一侧的大眼睛直直地盯着我们。"

"我告诉你，我被吓了一跳！她闭着嘴，但我们能看到那嘴大得吞下一艘小平底船都还有空余。然后她又滑回了水下。我们等啊等，差不多有二十分钟，才看到她冒出来。但已经到了最北端，就是我们刚才剖鱼的地方。我对道格喊：'发动引擎，快点！我看她是让出通道给我们出去。'"

"跟你说，我俩可不敢磨蹭。就像那热烟囱里的老鼠一样，飞快地从海沟窜了出去。顺着肖特湾往回走，一路上我们还在争论那头鲸鱼怎么就那么奇怪跑到海湾里去了。道格的猜想倒是很绝。'鲱鱼把她引进来的,'道格说,'是鲱鱼制造了这个奇迹!'"

虽然南边通往奥尔德里奇湾的海沟不宽,却深得出奇,即使在低潮时,大部分区域的平均深度也有三十英尺。然而,与奥尔德里奇湾交汇的那一端,却变成一片浅滩,低潮时只有五英尺深,而且突然变窄,形成一扇海沟的门户,约四十码长,十码宽。而在海沟靠近肖特湾的这一侧,则散布着许多巨大的卵石,退潮时,有些巨石距离水面还不足四英尺。

1月20日星期五,气象预报说晚间涨潮高度不会超过五英尺,实际上却涨到近六英尺。受短暂西南风的影响,汹涌的海水逼近海岸。那晚,涨潮很厉害的时候,奥尔德里奇湾的水位接近四十英尺,而海沟大部分地方的深度则达到十至十一英尺。

周五下午一早,在伯吉奥群岛作业的六艘围网渔船开始收拾装备,向港口进发,以躲避即将到来的风暴。最后一批三点左右离开。没有了柴油发动机的轰鸣,海底世界终于停止躁动,清静下来。

有了这难得的宁静,哈哈湾的长须鲸一家决定试着换个水域。也许是鲱鱼们开始避开哈哈湾有限的水域——这里有鲸鱼不停地巡逻;又或许是五张饥饿的巨嘴已经把这里的鲱鱼消灭得差不多了。无论是哪种情况,鲸鱼们绕过了奥尔德里奇岬,进入肖特湾。那天下午汉恩兄弟回家路上看见的,就是其中的两头。

碰巧，肖特湾的鲱鱼不少，天没黑的时候鲸鱼在那里吃得可欢了。然而，这个星期五的夜晚来得早，密云压境，黑压压的，暴风雪要来了。

夜幕降临，鲸鱼们首选的捕鱼方法——利用腹部的反射光来圈赶鲱鱼——效率已大不如前，但好在大多数鲸鱼早已大快朵颐过，不再饥饿。那头"家长"，皮肤光亮，庞大的身躯只比他的配偶略小；还有三头往年出生的年轻鲸鱼，它们都长得壮壮的。现在它们正心满意足地在大海深处闲逛，等待着新一天的来临。但那头雌鲸并未如此，她仍感饥肠辘辘。她有理由胃口这么大：她巨大的子宫里怀着一头小鲸鱼呢。迅速成长的新生命，使她总是感到饥饿。所以，当家人都轻轻松松开始闲逛的时候，这位鲸鱼母亲还得继续在黑暗中抓鱼。现在她依靠高速"冲锋"，正朝着她发现的最密集的鲱鱼群冲过去。

定位鱼群不是什么大问题，因为声呐能告诉她鱼群的位置、密集程度以及鱼群游动的深度。由于无法使用围圈的技能，选择那些周围有自然屏障遮挡的鱼群对她来说是最有利的，这样在她接近的时候，四散逃跑的鱼群就会被自然屏障阻挡。沿着理查兹岬（Richards Head）半岛陡峭而高深的海岸，有许多小海湾和死胡同，非常符合她的需要。不久，她发现其中一个小海沟——通往奥尔德里奇湾的海沟——到处都是小鱼。

声呐使她能在黑暗中感知鱼群，但依然有其局限性。她能够确定海湾的形状和深度，但无法得知，通向奥尔德里奇湾的那条海沟又窄又浅。

雌鲸就像"复仇女神"涅墨西斯（Nemesis）的黑影一样冲向海沟，可她不知道成群的鲱鱼还有一条逃生之路……她莫名其妙地发现，面前的鱼群渐渐消失了。她可不知道鱼群就像泼出去的水一样顺着海沟逃到奥尔德里奇湾里去了。

这条海沟很深，危险之处在于太窄。此时，如果鲸鱼接受攻击失败的现实，张开她的大嘴，让涌入的海水撑开她下颚那手风琴般的褶皱，那么水的阻力就能够使她像拉开降落伞一样突然刹住车，停下向前冲的脚步。可饥饿的鲸鱼母亲刹车稍晚了一点。当她决定停下来的时候，惯性已把她带进了海沟的入口，水位突然变浅，恐惧陡生！肚子已触碰到沟底的岩石，她疯狂地前后摆动，试图转身（鲸鱼不能反向游泳），但随着不断涌入的潮水，她的挣扎只是让她在海沟里越陷越远。

现在她一定害怕了；对于一头在涨潮时被搁浅的巨鲸，死亡几乎是注定的。当潮水退去，鲸鱼庞大的身躯没有了水的浮力，将化作杀死自己的凶器。由于巨大的重压，她的肋骨会断裂，最终窒息而亡。

潮流的裹挟，还有疯狂煽动的尾鳍，使她不断朝前方移动。她向前穿过海沟，一路上扭动着身子，越过沟底的大卵石，或者从上面摩擦过去，或从中间挤过去。终于，水变深了，她自由了！这简直是个奇迹。

奥尔德里奇湾大部分水域的平均深度为三十英尺，中间为五十四英尺。突然宽敞多了，鲸鱼重获自由的感觉一定非常强烈；但也一定好景不长。不需要多久，她就会发现，自己掉进了一个陷阱，此地无路可逃，唯一的出口就是她来时的那条海沟。

可怕的时刻到了：该怎么选？留下，最终就是饿死；冒险从海沟出去，现在正是退潮期，肯定死得更快，都捱不到明天。

当然，潮水会再次上涨。她肯定知道这一点。但这还不是全部，因为发生这一切的时候正处于春季大潮，要再等一个阴历月才有这样高的水位；如果没有刮向海边的大风，水位同样涨不到那样的高度。也许她也知道这一点。

无情的潮涨潮落是鲸获得自由的关键。那个星期五晚上剩下的时间里，她一直在等待再次涨潮。潮水在周六早上晚些时候达到了顶峰，这个水位比前天晚上她进来时低了一英尺。水位不够。然而，她还是不由自主地来到了狭窄的海沟处，那是她通向自由的唯一出路。

汉恩兄弟大约在下午四点半到达渔业加工厂，开始把鱼往码头上卸。旁边一群渔业加工厂的工人正津津有味地听着他们讲述自己的遭遇。在渔业加工厂工作，日常生活枯燥乏味，这是一个重大的消遣。

"你认为她还在海湾里吗？"一个工头问。他五十多岁，身材魁梧、强壮——说胖可能更贴切。

"很可能。在今晚涨潮之前，她别指望脱身。"

"但是，"肯尼思·汉恩后来告诉我，"如果我当时知道那些家伙在打什么鬼主意，我会告诉他们她已经跑了。"

也许吧，毕竟他们兄弟俩并不想害那头鲸鱼。但伯吉奥还有其他人，他们可跟汉恩兄弟想得不一样。

# 第九章 来了一群不怀好意的人

汉恩兄弟把鱼卸下来，准备回泥洞湾的家。几分钟后，另一艘船从工厂码头驶出，船上载着工头乔治，他曾对那头鲸表现出浓厚的兴趣；此外，还有四个年轻人。五个人都是工厂的员工，他们得到了经理的许可，提前下班去"看"鲸鱼。他们并没有直接去奥尔德里奇湾。沿着肖特湾走到一半时，他们把船靠岸，匆匆回家，回来时每人都带着一把枪和所有他们能找到的弹药。当再次推船入海时，他们已配备了两把点30-30军用卡宾枪，一把点30-06美式步枪和两支点303李·恩菲尔德（Lee Enfield）军用步枪。

这些人虽在西南海岸出生，却都出去待过几年，要么是加拿大，要么是美国。回来后由于种种原因，不愿重操渔民祖先旧业，而是到工厂里找了份领工资的差事，当机修工、技工和监工。他们是斯莫尔伍德省长的愿景中新纽芬兰人的代表——进步的现代人，迫不及待地否定自己外港的传统，欣然接受20世纪工业社会的礼仪和习惯。

当他们的船绕过理查兹岬，向通往奥尔德里奇湾的海沟入口方向驶来时，天已经黑了。船头那人突然大喊了一声，随即抓起步枪瞄准——海沟入口处，一头鲸鱼正在喷气。

领头的松掉油门，船慢了下来，向前漂着。

"狗娘养的，肯定跑出来了！"有人狠狠地嚷道。

鲸鱼开始下潜，三四颗子弹"嗖嗖"射入水中，溅起的水花飞旋着、鸣叫着，消失在黑暗中。虽然船上的所有人都期待着这头巨兽再次露头，但它没有。这群失望的人相信这就是汉恩兄弟说的那头鲸，并且确信它已经往深海游去，于是决定回家。工头乔治正在掌舵，这时，一个在多伦多油漆厂工作了十年，最近才回到伯吉奥的人大声说："我长大后就再没去过奥尔德里奇湾，去转一圈吧。说不定能撵出几只海鸭或者一头海豹呢。"

乔治欣然同意，小船转了个大圈，掉头向奥尔德里奇湾进发，继而穿过海沟入口，进入海沟。就在那一刻，五个人都僵在了原地。事后他们描述道，他们突然听到了一种空洞的吼声——"就像一头母牛对着一个大锡桶大吼。"与此同时，海沟内溅起巨大的水花，一股浪花直接打在了小船和船上的人身上。几个人惊得面面相觑。

"老天爷！她还在！"

他们把船头往岸边的一片鹅卵石上一靠，赶紧翻身下船，穿过海沟入口和奥尔德里奇湾之间的陆地，登上高处，一眼就看到了她。其中一人这样描述："……这他妈的真是世界上最大的鱼！她正好冲进海沟，看上去有一半身子露出水面；尾鳍就像一架飞机一样，尾巴使劲地拍打着海水，水花正好喷射到我们刚才前进的方向。"

五人毫不耽搁，直接装弹上膛。有一个人都跪到地上了，其他人则站在原地，急忙瞄准。"砰砰砰"的枪声在海湾周围的崖壁间回荡，还有子弹射入活体的沉闷声响，听得射击的人心满意足。

"精彩简直不容错过！"一个开枪的人欣喜若狂地回忆道，"我瞄准的是她的眼睛，大得像个靶盘。有人瞄准喷气孔，但子弹也就是给她挠挠痒。她一滚，转了个身，滑回深水，沉下去了。我猜我们射中了有二十发。"

鲸鱼沉到水里，退回到奥尔德里奇湾的北边，几分钟后又重新朝海沟这边游了过来。其间，枪手们已急忙装好弹药。这些人等她游近到一百英尺的距离，才再次密集开火。鲸鱼再次下潜，这次消失了将近二十分钟。

"有人甚至在想，怎么才能杀死她呢？这想法也太疯狂了，要杀死这么大个东西，我们的装备可不够。乔治想了个办法，如果每次她靠近海沟我们就开枪，那么她就会放弃这个主意，一直在奥尔德里奇湾待到第二天。明天是星期天，我们有一整天的时间玩她。"

这些人带的弹药不多，一个小时就打光了。他们恋恋不舍地上了船，返回伯吉奥。接下来的一整晚，他们都在饮酒作乐，在港口和浅滩湾两地挨家挨户地"巡演"，讲述他们的发现之旅。

星期天，天空又白又亮，冰雪覆盖的大地，风平浪静的海面，到处闪耀着明晃晃的阳光，令人目眩。克莱尔和我对奥尔德里奇湾发生的一切全然不知，我们正准备带着狗狗艾伯特向西出发，去一片弧形的海滩徒步一天。这片海滩一边是小巴拉斯韦湾（Little Barasway Pond）水域，另一边则是广阔的海洋。那天让人印象深刻，我们看到了十七只秃鹰——在这个秃鹰已经成为又一个濒危物种的年代，这个数字简直令人难以置信。它们飞越了几百上千英里，聚集到这个沙滩上，啄食那些被冲到岸边的数以万计的死鲱鱼——围网船的牺牲品。

与此同时，在伯吉奥，英国正教教堂、美国教堂的钟声已敲响，男男女女正踩着路上的冰碴去做祷告。礼拜结束后，男人们东一群、西一队聚在一起聊天，等着回家吃主日大餐[1]。那头受困的鲸鱼是最大的话题。镇子东边一大早传出的枪声清晰可闻，人们很难不去谈论这个话题。

天刚亮，二十多人就荷枪实弹地围在奥尔德里奇湾边上了。这一次，每个人都带足了弹药。一些武器商人热心地开张营业，很快就把库存的大部分高速弹药卖光了。早上

---

[1] 几百年来，主日大餐已经成为英国的一项传统。星期日是休息日，商店都关门停业。全家人会去教堂，然后回家围聚在餐桌旁一起进餐。——译者

的枪击盛会里就有一部分生意人，还有工厂的打工仔，以及好些个脑瓜灵活的青年人代表，他们春、夏、秋三季都在大湖区的货船上干活，冬季则回到伯吉奥申领失业救济。另一个代表是伯吉奥的第一个商人组织，即最近成立的西南海岸俱乐部，它集服务与商会功能于一体，致力于把伯吉奥尽快改造成一个真正的现代化小镇。

随着这群寻欢作乐者们的入场，鲸鱼也撤退到海湾中央，尽可能地躲在水底。

作为哺乳动物，鲸鱼的身体已经进化到能够在深海中长时间生存，这种身体机能非常有效。但与人类潜水员不同，鲸鱼并不仅仅依靠其储存在肺中的空气。如果它在潜水时肺部充满气体，反而会受到所谓减压病[1]的伤害，甚至因此丧命。鲸鱼会把所需的大部分氧气储存在血液里的红血球中，再凭借一种特殊的化学反应，储存到肌肉组织里。此外，鲸鱼在深水区或长时间潜水时会控制血液循环，把宝贵的氧气只分配到那些最需要氧气的器官和部位。

在长时间潜水后（有记录显示鲸鱼至少可以潜水四十分钟），长须鲸需要浮出水面排出体内累积的废气，并吸入大量的新鲜空气。这个动作必须迅速完成，因为在海面上时，鲸鱼的防卫能力是最弱的。一气呵成这套动作相当不容易。

---

[1] 减压病是由于高压环境作业后减压不当，体内原已溶解的气体超过了饱和界限，在血管内外及组织中形成气泡所致的全身性疾病。——译者

鲸鱼的喷气孔实际上是哺乳动物的鼻孔，从头的前端开始越过顶部，一直长到头的后部。气孔里长有强壮的气门，还有一条很大的管道和肺相连，可以输送大量的空气。肺部的巨大风箱非常厉害，能够在鲸鱼上浮时一秒多点的时间内完成全部废气的排出，并吸满空气。在长时间潜水后，这种呼吸节奏必须重复几次，用尽的氧气才能补充完全；呼吸之间也要有一定的间隔，以便血液能够吸收进入肺部的氧气。长须鲸每呼吸一次，就会潜入水中，隔两三分钟，再浮起来喷气，直到吸满氧气，然后下潜到深海。

长须鲸露出水面时，我们最先看到的就是隆起的喷气孔。它一露出水面，气门就立即打开，鲸鱼会爆炸似的呼出一口气，紧接着又是内爆似的吸气。然后气门快速关闭，巨大的野兽开始下沉，看上去就像手推车滑行在一个弧形的曲面上，喷气孔后面是悠长、宽厚的脊背，最后是高高的尾鳍，漂浮在水面。前鳍很少显露，鲸鱼下潜时，水面两个圆形的漩涡就是其存在的痕迹。

那头鲸鱼短暂上浮的瞬间，要完成发现、瞄准、开火这一连串动作，对此，海湾边上那群寻欢作乐者们并不在行。一开始，枪手们的实战效果并不好。然而，他们很快熟悉了鲸鱼的行动模式，摸清了门道。鲸鱼长潜后的第一次上浮，他们先不开火。等她第二次上浮、吸气的时候，他们已摆好阵势。一时间，枪炮齐鸣！哒哒哒、砰砰砰的声音在周边的理查兹岬和格林希尔峰（Greenhill Peak）之间回响，经久不绝。

随着时间的推移，来了越来越多的船，气氛热烈得就像在过节。大多数人来到这个孕育了奥尔德里奇湾的天然岩石露天剧场，只是为了高高兴兴地看场表演。男人、女人和孩子们，穿着他们礼拜日最好的衣服，或坐或站，双眼放光，紧紧盯着那头慌不择路的鲸鱼。她转身游向浅水区，触底，惊恐万分，又折返深水区，然而我们的寻欢作乐者们可不是吃素的，招待她的又是一通连续射击。

那天，看节目的人并非都兴高采烈。泥洞湾的一位老渔夫，本是带着他的女儿和孙子们来看活鲸鱼的，目睹眼前的一切，就感到很不高兴。

"依我看，真是愚蠢至极，"他说，"打来打去打啥呢？子弹不要钱吗？就像捡来的贝壳一样白白浪费掉。还不如把子弹钱省下来，留给乡下人买点肉吃……但我猜，他们的钱可能也多得花不完吧。不管咋样，也不用去折磨那头鲸啊！对他们来说又没用。即使杀死她，他们拿来干吗呢？把她送到渔业加工厂做成冻鱼块？不，孩子，简直是瞎胡闹！"

当天，我的另一个朋友，一条围网船上的大副，也在现场。他没有开枪，更对那些开枪的公开表示不满。大家都三缄其口，不愿发表批评意见，他的做法显得格格不入。

"你看那三个年轻人，看看他们是啥样的人……嗜血的屠夫！去年三月，极光把鹿群赶到康奈格雷湾（Connaigre Bay）时，他们也是这么搞的。我猜他们是闲着没事干。我当时就停在湾里，在"彭尼幸运"号（Pennyluck）上，引擎出了点故障。那帮家伙来了，老天，我还以为是德国法西斯呢。开枪？他们简直就没停过，从早到晚！第二天我上岸时，遍地都是死鹿、死母牛和死公牛之类的东西。对的，看，我了解这帮家伙。他们叫啥来着？我可知道，你们也应该知道。他们都是些混蛋，我不想说出他们的名字。"

我换了个话题，让他描述一下鲸鱼受到攻击时的样子。

"看到她的样子我就感到难过！她没地儿可去，只有沉入水底，但又不能一直待在那里。几百颗子弹打在她身上，我以为她都要发狂了，但她似乎知道发狂对自己没好处。有一两次她变得很狂躁，但大多数时候她都很安静。"

"有一件事……她并不孤单。我当时站在一块高高的岩石上，可以看到奥尔德里奇湾里的动静，也可以看到肖特湾那边的情况。没过多久，我就在那边看到了另一头鲸。他先是在菲什岛（Fish Island）附近喷气。又过了一会儿，海面上没船的时候，他就越游越近，最后近得差不多到海沟入口处了。"

"怪事发生了。奥尔德里奇湾里的这头鲸鱼上浮换气的时候，外面的那头也会上浮。他们每次都同时喷气。我能看见他们，但他们看不到彼此。管你怎么看，但是外面的那头似乎知道另一半有麻烦了，或许我是个乌鸦嘴吧。"

"那些向鲸鱼开枪的家伙，脑袋瓜还比不上一只小海鸥。他们用的是软头子弹，一旦击中就会爆炸，变成碎片。那头鲸的脂肪应该有一英尺厚，我认为大部分子弹根本打不透。肯定有些打穿了，但并没有造成严重伤害。想用软头弹杀死这么个大家伙？孩子，他们还不如拿石头砸呢！"

弹药全都打光了，射击表演不得不在周日下午早早收场。因为好戏不再，围观的人顿觉索然，大部分各自回家了。我朋友等到最后才走。

"我最后看鲸鱼的时候，她游得还算不错。鼻孔没有流血，喷出的水柱高度不如从前，下潜的时间也缩短了。也许她只是累坏了。"他若有所思地停顿了一下，然后总结道，语气中略带一丝尴尬，"这天发生的一切，不是人干的。对我们伯吉奥人来说，这可不是什么光彩的事儿。"

周日下午很晚，克莱尔和我才徒步回来，很累但也很满足。几个月漫长的旅行中一直紧绷的神经，就像老皮一样蜕去。充满混乱和灾难的外部世界现在已离我们远去，几乎与我们无关了。那晚临睡前，我感到一种从未有过的宁静。

克莱尔在日记中写道："回到这些人中间感觉真好，大家的生活简单而淳朴。真的很想念这里的人。希望他们能守着这份朴实，不被那像雾一样蔓延至全世界的野蛮和自私影响……"

# 第十章　持续不断的射鲸狂欢

到了周一早上，冰封的荒原上吹来刺骨的东北风，伯吉奥天气陡变，整个海岸风起云涌。那些不用出门的人围在厨房的火炉旁，高高兴兴。渔民几乎没人出海；但工厂的上班族，无论男女，甚至14岁的孩子，都得顶着风、弓着腰、脸颊冻得通红，步履艰难地去上班，雷打不动地开启了无生趣的一天。冷冰冰的混凝土地上，他们的双脚不知站立了多久，面前的传送带从在码头卸货的深海拖网船腹部伸出，源源不断地传来鱼块，他们则木然地将之装罐、打包。

那天人们似乎很少谈论鲸鱼，星期天去过奥尔德里奇湾的人都不愿意再谈这件事。一年后，一位神职人员给我写了一封信，或许从中能一窥人们缄默的原因。

"我希望你明白，那个星期天所有人都不正常。事后，很多人对此感到非常难过。除了少数开枪的人，大多数人都不知道会伤害鲸鱼。他们看到有人开枪，看了一会儿，心里也就变得兴奋起来；但之后很多人又感觉很糟糕。他们几乎搞不明白事情怎么会这样，第二天大多数人都非常不安……"

确实存在某种类似于"保持缄默的协定"，这就解释了一件原本难以理解的事情：克莱尔和我住在离奥尔德里奇湾不到三英里的地方，却没有任何人向我们提及只言片语。奥尼·斯蒂克兰德、西门·斯宾塞、亚瑟大叔，还有我们其他的朋友和邻居们，平时即便不说急切，也是非常乐意向我们讲述伯吉奥发生的一切；但这次鲸鱼的事情，他们却只字未提。

星期一早上，我们还蒙在鼓里，汉恩兄弟小心翼翼、有点害怕地进入了奥尔德里奇湾。肯尼思回忆说："我们知道枪击有可能杀死鲸鱼，不过更可能的是她只是受了重伤。即使是温顺的鹿，身中一枪，你也得小心防着；更何况那头鲸身上中了无数枪。没人知道她会干出点啥，但我们可知道，她的尾巴随便一甩，我们就完蛋了。"

他们小心翼翼地驶过南边的海沟，停在刚进奥尔德里奇湾的位置，想先看看情况如何。水面被风吹皱了。观察了一刻钟，没看到鲸鱼的踪影，他们便发动引擎，准备横穿海湾。才走了一百码，鲸鱼突然在前头冒出水面，差点儿撞上渔船！她喷了一次水，又潜了下去。两人开始疯狂划桨，想给发动机的动力加把劲，希冀着能快速把船安全弄到岸边。正在拼命划桨的当口，一个巨大的头从渔船的正下方掠过，他们不由大惊。

"我对自己说：'肯尼思，老天，完了！这次你算完了！'

我敢说，那头鲸，被人打了那么多枪，一定对人类恨之入骨，肯定会把火气撒到她碰见的第一个人身上。我怕不怕？我浑身抖得像条狗！"

但他错了。鲸鱼只是庄严地游了过去，等她再浮出水面，已在海湾的另一头。汉恩兄弟俩还在不住地发抖，他们急忙把船划进水道，向着哈哈湾驶去。随后的几个小时，他们在哈哈湾撒网捕鱼，顶着寒风艰苦劳作。等他们再次躲回到奥尔德里奇湾时，一面感到兴奋，一面也警惕着鲸鱼，小心翼翼地把船停在浅滩口，才开始剖鱼。

兄弟俩忙活期间，那头鲸继续在海湾深处游来游去，不紧不慢，十分钟左右浮出水面换一次气。她显然没有勇气再闯南边的海沟。有一两次，水面浮现出一个巨大的圆形水泡，他们认为这是她在追捕鲱鱼。

鲸鱼平静的举动让汉恩兄弟鼓起一点勇气，挨着奥尔德里奇湾的海岸往家挪动（当然，他们说，是保持"拔腿就跑"的姿势）。道格拉斯深受触动，拎起满满一饵桶的鲱鱼，倒在鲸鱼刚才下潜的位置。

"不知道她喜欢不喜欢，"他解释说，"不过我想也不会有什么害处。说实话，我们对她感到很亲切……那些家伙对她干下了那些事，她还给我们让出进入海沟的通道。"

据我们所知，星期一这天，汉恩兄弟是唯一去看过鲸鱼的人……但到星期二，情况已大不相同。

到星期二中午，天气好转。一群持枪的人听说那头鲸还活着，便想，也许还可以跟她玩玩。唯一的问题是，他们缺乏弹药。但有一个办法！和许多偏远的加拿大社区一样，伯吉奥拥有一支游骑兵队，这是一个半军事化的志愿者组织，如遇加拿大武装部队的临时任务，则从其中推举一人，担任领导职责。

每个游骑兵队队员都有一把点303的军用步枪，弹药箱存放在支队总部。这类弹药部分用作射击练习，其余则留作"军事紧急情况"时使用。但伯吉奥游骑兵队队员早把练习用的子弹打光了，主要用在了北美驯鹿、驼鹿和海豹身上。

参与射鲸的人里碰巧有几个是游骑兵队的。星期二上午，其中一人拜访了该支队的副指挥官，也是渔业加工厂的一名高管，向他提出了特别弹药申请。这人倒没说伯吉奥发生了紧急情况，但他指出，打靶练习总不会有错，而且找不到更好的靶子了："那头鲸鱼，都游到奥尔德里奇湾了！"

若干发弹药被批准……究竟有多少发，我无法确定。后来我数了数，在奥尔德里奇湾周围堆了400多个点303弹壳，上面都有加拿大军队军火库的标记。

显然，周二的枪手们内心多少有点打鼓。可能他们已经意识到，社区中有一股反对的暗流；也或许是对于自己的非法行为也有一丝担心。他们自己也非常清楚，不要说使用，在这个季节，在这儿持枪都是违法的。这一法规是为了保护驯鹿和驼鹿免遭偷猎者的毒手。

不管出于什么原因，周二下午晚些时候，一直等到所有途经这个海湾的渔民都离开了，他们才驾着三艘船，穿过肖特湾，驶向奥尔德里奇湾。事实上，他们非常谨慎，几乎没人看到他们开船出发。若不是有个人和他的儿子驾着平底小渔船到哈哈湾附近的小溪取泉水，意外当场撞见，这群寻欢作乐者们的名字和其所作所为将无人知晓。周二那天到海湾的枪手共十一人，其中八人参与了上周日的围击，余下三人是伯吉奥的社会名流，他们因为去教堂礼拜而错过了周日的"狂欢"。

去哈哈湾取水的人毫不顾忌地说出了目睹的一切。

"我们还没离开溪边，就已听到枪响，不过没想太多，还像往常一样驶入水道，返回奥尔德里奇湾。当时，我们家孩子站在船头，船才刚进奥尔德里奇湾，一颗子弹就"嗖"的一声从他脑袋边擦过，离得很近，他都能感觉到风。"

"嗯，所以，我们拖着小船躲到一块岩石背后，动作飞快。我从石头顶上偷看了一眼。简直是前所未见。奥尔德里奇湾靠肖特湾那一侧有一群人，每个人站一个点，好像都疯掉了似的。他们叫着喊着、蹦着跳着，喝一通酒，就朝鲸开一阵枪，然后又是一通叫喊。子弹乱飞，他们竟然没有误伤人，真算是个奇迹了。"

星期二下午，他看到的几乎就是星期天枪击事件的重演。对鲸鱼来说，唯一的重要区别就是，周二使用的军用子弹是钢制的，其穿透力远远超过商用的软头弹。这些子弹并没有在较浅地射入鲸鱼脂肪层后碎裂，而是深深地射进了她的身体。

"可怜的家伙简直被逼疯了！她逃进海湾东边的浅水区，那是她能去到的离那些家伙最远的地方，那儿的水只够她浮在水面上。拍水！我亲爱的朋友，她的尾巴和鱼鳍在空中飞！我告诉你，那场景简直让人绝望，你都能听到子弹噗噗地打进她身体的声音。"

"过了一会儿，她挣扎着游进深一点的水域，向着我们的方向冲来。我向上帝发誓，我以为她会从我们头上飞过去！在水道入口处，她停了下来，巨嘴张开，大得像战争中船上用来阻挡德国飞机的气球一样。告诉你，那样子我可不想看！我们家孩子和我，立马掉转船头退回哈哈湾，从外海绕过奥尔德里奇岬回了家。那个傍晚，我宁愿划着平底船穿过大海，也不愿再回去走横穿奥尔德里奇湾的近路！"

这人还讲到一个细节：当他和儿子划进肖特湾时，又遇到四头鲸鱼。

"其中三头在离岸四分之一英里处的深水中，另一头正好在奥尔德里奇湾的海沟入口处，和海湾里的那头一样发狂。他一直游到浅滩的边缘，喷出的水像尖塔一样高，有一摊水直接喷到了岸上。我和孩子把船绕开，越过菲什岩的南边，绕到了海岛背风处。这条路对我们来说很远，可是我再也不忍心看到大家伙那个样子。依我看，整个海沟都要被他翻过来了。"

星期二晚上，汉恩兄弟回到泥洞湾的家中，对鲸鱼遭受的新一轮攻击还一无所知。当天早些时候，他们和她一起静静相处了几个小时，不禁对她生出一种独特的情感，甚至对她的困境产生了强烈的同情。

"这得有多难啊！"肯尼思回忆道，"像她这样的动物，是受不了被单独隔绝的。要知道，鲸是群居动物。好几次，我和道格都认为她是过来找我们做伴。我们在剖除鳕鱼的内脏，那个大家伙就会来到离船六七英尺的地方，在水下慢慢地游，丝毫不让你紧张，水面也不泛起一丝浪花……有时还能看见她的眼睛，她抬头望着我们。我们总是把从鳕鱼肚子里取出来的鲱鱼放到一块儿，等她靠近时就把这些鲱鱼抛到海里。不能说她喜欢这东西，但她肯定不吃鳕鱼的内脏。每次我们把内脏丢进海里，她都离得远远的，直到内脏被冲走才回来。"

周三，汉恩兄弟再次路过奥尔德里奇湾时，发现鲸鱼的样子和举动有些异常。

"她喷气的高度不及星期二，频率也加快了。好像每次在水下都待不了几分钟。靠近时，可以看到她皮肤上布满了银圆大小的白色斑块。道格说那很可能是弹孔，简直难以想象她身上怎么中了那么多枪。我还在想她是不是挂到藤壶[1]了，是藤壶被扯掉留下的。"

---

[1] 藤壶，俗称"触""马牙"等，是附着在海边岩石上的一簇簇灰白色、有石灰质外壳的节肢动物，常形成密集的群落。藤壶在每一次脱皮之后，都要分泌出一种黏性的藤壶初生胶，黏着力极强，可吸附在岩石或者船体上，甚至鲸鱼身上。——译者

"哦，不，我们很快就发现了真相。我们正准备离开奥尔德里奇湾，两艘快艇从肖特湾那边驶来，六个家伙跳上岸。他们都有军用步枪，乔治·奥德福德（George Oldford）举枪就射。"

"我们对他们大喊，让他们停止射击，我们要驶出海湾。乔治，他向我们喊道，说他们接到命令要干掉那头鲸鱼，让她摆脱痛苦之类的。我说那是在犯傻。'你们会伤着人！'我对他们说。他们没作声。当我们从南边的海沟驶出去时，听到身后枪声大作。"

"道格，他转身对我说：'得有人出来阻止这事。问题是，皇家骑警队不太可能出手，除非有大人物出面，那他们才会跟大家一样上心……大家需要经由海湾去捕鱼，到哈哈湾那里取水，现在走那边一点都不安全。'"

虽然我仍然对鲸鱼遭到的持续攻击一无所知，但对大多数人来说，这已经不是什么秘密。在伯吉奥东部，可以清楚地听到枪声。到周四，那些一贯借道奥尔德里奇湾的人心里越来越不满，这事到了不得不解决的地步。周四傍晚，天色已晚，泥洞湾的几个渔民决定采取行动。

在伯吉奥的这些年，我曾多次被推举出来代表个人或者团体发言或者上书，因为他们觉得自己的话当政者听不进去。虽然搞不太清楚我这个作家的工作实质，但他们认为我说的话上面还是会听的。

星期四晚饭后，两个来自斯莫尔斯岛（Smalls Island）的渔民走进我们的厨房，带着礼物———一些鳕鱼舌和一条大比目鱼。他们坐在长椅上，谈了一会儿捕鱼的情况、最近的天气，以及其他伯吉奥的日常。临走了，他们才道出来访的真实原因。

"船长，我想，你知道那头鲸吧？"

"你是说哈哈湾的那些长须鲸？"

"不是，船长，我是说奥尔德里奇湾里的那头。大家伙。在那儿好长时间了。"

"鲸鱼没事跑那里去干吗呢？"我满脸疑惑，"是头什么样的鲸鱼？"

他含糊其词。

"不太清楚。黑色，像是肚子很大的鲸。他们说她逃不出去……额，祝你们晚安，太太，船长。"

说完，他们就跑了。

"你觉得这是怎么一回事？"我问克莱尔。

"谁知道呢？也许有头巨头鲸被困在奥尔德里奇湾了。"

"可能。但为什么那些家伙大老远跑来告诉我们，我一问，他们又都躲躲闪闪的？肯定有事。我要划去西门那儿，看看他怎么说。"

虽然我倾向于赞同克莱尔的观点，认为那头鲸（如果真有的话）应该就是一头巨头鲸，不过我认为也有可能是头虎鲸。"肚子很大的鲸"的话也说明了这一点，一些当地的拖网船船主最近在离伯吉奥群岛不远的地方遇到了成群的虎鲸。无论怎样，我决定要弄个明白。

西门·斯宾塞一个人在他的小店里，绞尽脑汁在算账。在我看来，他似乎很不情愿承认听说过奥尔德里奇湾那头鲸的事。我问他，既然知道我对鲸的事情如此痴迷，为什么不早点告诉我，他表情很尴尬。

"呃，"他说，"不知道该说些什么。这事干得太蠢了……有些人做的事真可耻……我不想用这种事来烦你……不过现在你知道了，我想这样也好。"

当时我没有意识到其中的含义，不过很快就明白了。没有人告诉我关于鲸鱼的事，原因是许多人对正在发生的事情感到羞耻，不愿为外人道；虽然我在这里五年了，在他们眼里，我还是个外人。

西门带我去了汉恩兄弟家。他们起初不大吭声，后来还是很详细地向我描述了那头鲸。那一刻我才意识到，这头鲸鱼，很有可能，非常有可能，大到超出想象。我以前去过奥尔德里奇湾，知道它几乎是一个完美的天然水族馆，大得容纳一头蓝鲸都绰绰有余。

据我所知，这是历史上第一次有可能近距离揭开这个伟大的海洋之主的神秘面纱，一想到这一点，我就激动得发疯。我只顾急着冲回家告诉克莱尔这个消息，却没太注意肯尼思·汉恩最后那句话的意思。

"他们说，"他提醒我，"有人在朝她开枪。她会受伤，船长，他们还在继续。"

也许哪个该死的笨蛋用点22口径的子弹打了她几枪，我当时这样想着，便把这话抛在了脑后。天越来越黑，我匆匆跨过梅塞尔桥，满脑子都是明天，想象着这头被困的鲸鱼如果真是一头海洋的巨无霸，又会如何。

# 第十一章　与母鲸亲密接触

第二天一大早，我就给达尼·格林（Danny Green）打了个电话，他三十五六岁，精瘦，有点愤世嫉俗，却又非常精明，曾经是一艘小型拖网渔船的船长，后来加入加拿大皇家骑警队（Royal Canadian Mounted Police），现在是一艘汽艇的船长、船员兼大副。达尼对西南海岸了如指掌，并乐于发表自己的看法，对鲸鱼这件事也不例外。他的话让我兴奋不已，内心狂热。

"法利，那肯定是个大家伙！我没有亲眼看见，还不能确定是哪种，但很可能是一头座头鲸、长须鲸或蓝鲸。"他停顿了一下，"还有什么来着？上周，人们一直拿她寻欢作乐，都快把她整死了。"

达尼事无巨细地跟我讲了当时的细节，起初我只是感到震惊，后来越听越气愤。

"这些人疯了吧！这是万中无一的好机会，如果这头鲸能活下来，伯吉奥会举世闻名的。对她进行射击？巡警是干什么吃的？"

达尼告诉我，巡警正在休假，由默多克（Murdoch）巡警代班，他来自新不伦瑞克（New Brunswick），除非接到官方投诉，一般不愿意干涉地方事务。在我的要求下，达尼让他接电话。

"不管是谁用枪射击的那头鲸，都违反了渔猎法，本地不允许带步枪。你就不能阻止吗？"我说。

默多克表示，他对此感到非常抱歉。不过他乐于合作，打算马上着手调查这次射击事件，还提出和我一起去奥尔德里奇湾巡逻。

可惜，我跟克莱尔已经跟两个渔民约好了，他们是柯特·邦吉和沃什·平克（Wash Pink）。柯特新买了一艘延绳钓鱼船，平时他们就用这艘船一起捕鱼。这俩人简直是一对奇葩。柯特刚结婚，很年轻，一个字就可以完美地形容他——"圆"。他那绯红色的脸圆圆的，蓝眼睛圆圆的，小鼻子圆圆的，嘴巴圆圆的。虽然不胖，腿却像伐木场的原木一样又粗又壮，整个身体就像一个圆柱体。沃什·平克则简直是另一个极端。他年纪要大一些，精瘦精瘦的，曾在遥远的外港工作，懂得生活的艰辛。柯特是个话痨，喜欢讲故事，而沃什只有在特殊情况下，才蹦出几个字儿。

跟默多克聊了一会儿，我就挂了电话，几分钟后，我和克莱尔就坐着柯特的延绳钓鱼船出发了。我时而希望能在海湾里找到一头活蹦乱跳的鲸，时而又想她可能已经逃跑了；更糟糕的是，她很可能已经被杀死了。克莱尔像往常一样，头脑冷静，她当时的随笔可以作证。

当时正刮着西北风，风速40英里每小时，我本来还在犹豫要不要去，法利说如果不去，我会后悔一辈子。这里毕竟是伯吉奥，如果事实证明那头鲸不过是一只海豚，我觉得也很正常。我们穿越肖特湾，都快冻成冰棍儿了，终于平安抵达奥尔德里奇岬，穿过狭窄的海沟，进入奥尔德里奇湾。当时离满潮还有几个小时，水深只有5英尺，柯特非常担心他的新船会触礁。

我们驶入奥尔德里奇湾，明亮的阳光瀑布般泻在水面上，漂亮极了。这是一个天然港口，周围都是悬崖峭壁，最高峰也就300英尺，理查兹岬山谷中沿岸生长着一簇簇矮小的黑云杉。

那儿除了几只海鸥在高空盘旋，什么都没有。我们急切地寻找那头鲸，希望她从某个地方突然窜出来，把我们吓个屁滚尿流，但她连影儿都没有。我觉得即使她曾经来过这个海湾，现在肯定也已经离开了。我正打算到船舱中去暖和一下，突然听到有人在喊，他们看见了什么。接着，我们都看到了，一个长长的东西，像一条巨大的黑蛇，划过平静的水面，先是头，再是鳍，最后划入水中，不见了。我们目瞪口呆，简直不敢相信自己的眼睛，继而盯着那个庞然大物出现的地方，热烈地讨论起来。

"那是一头鲸，绝对是，肯定有五六十英尺长！不是巨头鲸，不是那一种……"

"的确，不是巨头鲸，但绝对是一只大怪兽！不知道怎么回事，她竟然孤零零地被困在这岩石围成的监狱里。"

我们开到海湾中间，发动机发出嘎嘎的声音。这时，加拿大皇家骑警队的汽艇也开进来了，直直朝我们驶过来。法利向达尼·格林喊话，我们最后达成一致意见，把船停在海湾最南端的深水区，关闭发动机。

然后我们就开始长时间的观察。时间过得飞快，看着这个大怪兽像蛇一样游来游去，简直是惊喜连连。她绕着海湾游来游去，隔四五分钟就露出水面一次。起初她离我们较远，但随着时间的流逝，我们又保持绝对安静，那个圈越来越小，她离船也越来越近。

她两次露出水面，跃到空中，巨大的头颅有一座小房子那么大，脊背黝黑发亮，肚皮是鱼肚白色；接着鼻子钻入水中，喷气孔划过水面，然后是宽阔的脊背，就像一艘翻过来的船，映入我们的眼帘；最后是尾鳍，探出水面至少有4英尺高，胸鳍搅起一阵漩涡，潜入水中，不见了。

法利认出那是一头长须鲸，是世界上已知的第二大动物。我们可以清晰地看到她背上的弹痕——弹孔和血斑，从喷气孔到尾鳍，密密麻麻。那些人的心态简直让人难以理解，怎么会以把子弹射入这样一个高贵动物的身体为乐？为什么要杀死她呢？附近又没有养貂或狐狸的农场，需要鲸肉喂养；也没有什么人想要吃她的肉。没有，绝没有任何食物或利益方面的动机，只是单纯的屠杀。这跟内陆的寻欢作乐者开着车去追兔子或土拨鼠有什么区别？只是看起来，屠杀一头鲸要可怕多了！

我们可以通过她身后的水波追踪到其在水下的游动轨迹，看起来她只是在水下6英尺左右深的地方游来游去。而随着她离我们越来越近，我们已经能透过水面看到她了，她那白色的腹部在深色的水中看起来像是浅绿色。

水面上的波动越来越近，她在离我们的船20英尺远的地方浮出水面。她好像在观察我们，看我们是否危险。奇怪的是，当时我竟然没想到"她可能很危险"，这可能是我这辈子见过的最大的动物了。后来我问其他人怕不怕，大家都说不怕，我们完全被她迷住，连害怕都忘记了。

显然鲸得出结论，我们一点儿都不危险。她又游过来，巨大的头部竟然正好钻到巡逻队的船下面。他们向那头鲸挥手，我们也紧紧盯着下面。她的头过来了，像一艘潜水艇——不过要漂亮得多，就在我们船下不到6英尺的地方。这时，达尼大喊道："看！她的尾巴！她的尾巴！"

她的尾部正穿过巡警的汽艇，头部还在我们的船下面，两艘船之间的距离有70多英尺！她的鳍有一艘平底小渔船那么长，在船下的水中看起来也是绿色的；接着她那长长的庞大身躯划过船底，只是背鳍划过水面形成浅浅的波纹。我们简直无法相信自己的眼睛，这么一个庞然大物，据法利猜测可能有80吨那么重，竟然就在我们船下，像鲑鱼一样，还那么悠然自得！

后来达尼说那头鲸能轻松撕碎我们的船，就像人类能轻松捏碎鸡蛋一样。想到人们对她所做的一切，她为什么不报复呢？还是说只有人类才会报复？


真奇怪，这头鲸看起来对我们非常感兴趣，她可能知道我们不会伤害她，竟然在跟两艘40英尺长的船嬉戏，可能是因为船底看起来有点像鲸吧。她直接从船底游过，还从两艘船中间穿过——当然会小心地避开锚缆。当她靠近他们那艘小船时，我们觉得她有点忧郁，就像汉恩兄弟似的。克莱尔竟然觉得这头鲸在寻求帮助，谁知道呢？我非常关心那次枪击事件对她造成的影响，但除了一些弹孔外，没有任何流血迹象。她看起来健康得不得了，动作精准有力，喷出的水中也没有血污。我内心希望这样，所以宁愿相信那些子弹只是带来一些皮外伤，庆幸这个大家伙没有受到弹火的太大折磨。

黄昏时分，我们极不情愿地离开海湾，与鲸的亲密接触让我们都有点精神恍惚。大家几乎都没说话，直到加拿大皇家骑警队的汽艇靠过来，默多克巡警对我们大喊："不会再有射击事件了，我保证！从现在开始，达尼和我每天巡逻，如果有必要，就一天两次。"

默多克的话让我首次清晰地意识到，潜意识中我早就做出了决定，只是以前没有意识到这一点罢了。在返回梅塞尔的途中，我知道自己已经决定要拯救那头鲸了，就像生活中的其他决定一样，不知道当时为什么会感到那么急切。当然，后来我可能会想出很多原因，但那些只是事后的想法而已，不是当时的理由。如果我是一个神秘主义者，很可能会这样说——我当时听到一种神秘的召唤；但毕竟我不可能给出一个这么不靠谱的解释吧。鉴于接下来发生的事情，很难排除这种可能：这个外来者正以一种令人很难理解的方式向另外一个外来者寻求帮助，那种无声的、原始的诉求真的很难拒绝。

返程途中，我的脑海里充斥着各种可能性，时而希望满满，时而极端恐惧。但有一点是肯定的：我一个人帮不了这头鲸，我们——她和我，需要盟军。

一到家，我就给渔业加工厂经理打了电话，他是这个社区最有影响力的人之一。我努力说服他，拥有一头大鲸对伯吉奥，乃至全世界都意义重大。我太急切了，以致有点儿语无伦次。他沉默寡言，喜欢从管理学的角度思考问题，很难说服。很明显，他很难理解，怎么会有人对一头鲸的生死那么关心。不过，他最终还是同意在渔业加工厂张贴告示，让人们不要招惹那头鲸。

他不知不觉帮了我的大忙，他那冷静的态度让我清楚地认识到，必须整理出一些拯救鲸的现实意义。我能想到的最明显的一条就是，据我所知，还从未有人有这样的机会近距离观察一头活着的巨鲸。现在机会来了，此时此地。我相信科研人员会认识到其重要性，他们会兴奋地赶来帮忙——应该提请科学界关注此事。

不过，说起来容易做起来难。我们与外界联系的电话系统是由无线电信号传惑器和微波转播简易系统组成的，效率极低。即使跟外界联系上了（这一壮举可能要花费几个小时），很可能双方都听不见或听不懂对方在说什么。我不喜欢挂在墙上的那个黑色的电话匣子，也不信任它，除非是紧急情况，我拒绝跟那个家伙有任何交集，但现在就是紧急情况。

第一个电话我打给了纽芬兰圣约翰的联邦渔业办公室，联系上了一位资深生物学家，他非常耐心地跟我解释（好像我是个对动物痴迷的无知孩童），他们那儿只关心鱼类，而鲸属于哺乳类。

我在心里暗骂他官僚主义，又花了三个小时给蒙特利尔附近的中央鱼类研究所打电话。电话终于接通了，研究所所长对我的处境深表同情，但就像其圣约翰的同事一样，他也帮不了我。他告诉我所里的鲸类专家去了美国，研究博物馆里的鲸类残骸——很明显，伯吉奥一头活生生的长须鲸，根本不可能把他从死鲸骸骨的研究中召回来。

此时已是深夜，我有一种越来越深的挫败感，还有一种虚幻感。难道科学界就对这一独特的机会无动于衷吗？难道他们不想深入了解这种地球上现存的第二大动物吗？

惊慌与绝望之际，我给我的出版商朋友杰克·麦克莱兰（Jack McClelland）打了个电话，他住在多伦多，很靠谱，又有耐心。杰克听从我的召唤，从床上爬起来，花了几个小时到处沟通，尽力让全加拿大海洋生物学家对此感兴趣。坦率地说，大部分人深更半夜被吵醒都会大发雷霆，谁会关心伯吉奥是否有一头被圈养的长须鲸呢。不列颠哥伦比亚一个有名的鲸类学者很有礼貌地听完杰克对现状的描述，还对他进行了一番小小的说教。

他说，长须鲸不吃鲱鱼，完全以吃浮游生物为生。即使我们捕了一头，也不可能养活。另外，根本没必要喂它，长须鲸可以通过吸收鲸脂存活六个月。不管怎么样，这些都没什么大不了的。他接下来说的话更过分：长须鲸从来不会靠近海岸，除非它们死了或快死了，因此，那头伯吉奥的鲸，就算是长须鲸，肯定也快死了。科学家们已经研究过很多死长须鲸，对再多研究一头死鲸也没什么兴趣。最后，他建议杰克还是别管这事儿了。

周六一大早，杰克给我回电话时，我正在吃早餐。虽然没有什么好消息，他还是尽量让自己听起来乐观一些："你看，你手上有一头80吨重的鲸，我肯定信，但显然没有多少人会信。不过，别担心！你就尽力让她活着，而我就继续堵他们，我肯定能找到什么办法。"

周六又是一场猛烈的暴风雪，在天气好转前，根本去不了奥尔德里奇湾。我在家里走来走去，思考怎样才能让这头鲸活下来；此外，我还必须考虑我的最终目的是什么。单纯地让她活下来可能只是让其永远困在那个海湾里，很可能还会被开发成吸引游客的景点，变成挣钱的工具。这样，即使救了她，很可能也只是把她变成"森林王子"，这不是我想看到的。我也曾自私地想要逃避，但至少名义上我拥有这样一个奇异的生物，从来没听说有人养过一头长须鲸当宠物。我清楚地认识到，养着她其实是另一种意义上的残暴，跟把她当作靶子一样残忍。

这是一个简单的事实，我无法逃避。这是我的责任、我的义务、我的目标，不管叫什么，跟人类无关，只与那头被困的鲸有关。不管我要为她做什么，终极目标都是要还她自由，这才是真的救她。

做出这个决定之后，我不得不面对的问题就是怎么还她自由。根据当地海图、日记本中的天气记录和从汉恩兄弟及其他人那里无意中听到的只言片语，我得出一个结论：她一定是在海水深度最高达到11英尺时进入奥尔德里奇湾的。一本关于鲸类的教科书（虽然没有准确数据）显示一头成年长须鲸，只有在那么深的海水中才能浮在海面上。

我通过查看潮汐表得知，还有差不多一个月的时间，海沟中才会再次有足够深的水，让她可以游出去重获自由，那么我就只有不到一个月的时间来制定释放她的计划了。让这么一头庞然大物穿越如此狭窄的海沟是非常困难的，一个月的时间可能都很紧。不过，现在我需要考虑的是如何才能让她活下去，而不是什么让她逃跑的详细计划。

当然，首先是如何喂养她的问题。根据我在伯吉奥多年来对长须鲸的观察，不列颠哥伦比亚的鲸鱼专家所谓长须鲸根本不吃鲱鱼的说法，纯粹是无稽之谈。他宣称长须鲸可以通过消化鲸脂存活六个月，我相信连他自己都不信。脂肪层作为皮肤不可分割的部分，储备可供消耗的能量只是其次要功能。鲸鱼长有富含油脂的肌肉组织，其主要作用是在冰冷刺骨的海水中作为隔热层以防热量流失。饥饿的鲸鱼必然会通过燃烧鲸脂以获取热量，这是一个事实，但在寒冷的北方海域，这会进入一个死胡同。脂肪层越薄，热量流失就越快，就需要越多的燃料，如果无法找到其他食物的话，鲸鱼只能在饥寒交迫中死去。

鲸鱼储存脂肪还有另一个作用——虽然它们生活在水里，但那是海水呀，跟人类一样它们也无法用海水进行新陈代谢。它们可以从猎物的体液中获得至关重要的营养供给，如果不够，则通过脂肪储备的营养物质进行化学分解来获取，淡水只是其副产品。如果一头鲸不能捕食，那它需要的所有淡水都要通过脂肪储备，特别是鲸脂油来提供。一头无法捕食的鲸即便不会饥寒交迫而死，也注定会渴死。

2月份，伯吉奥海域的温度在31华氏度[1]左右，正好在淡水冰点之下，要是没有稳定的食物供给，她撑不到被释放就会死，这再明显不过了。

她的食物就是鲱鱼，汉恩兄弟告诉过我，奥尔德里奇湾中的小型鱼类正在迅速消失，要么这头鲸大量捕食了这类鱼，要么在这个大胃王到来之前它们就被吓跑了。新的鲱鱼群根本不可能主动进入海湾，对它们来说，那无异于自杀。我必须想办法把它们赶进海湾，关在里面，但在这个节骨眼上，我也没什么好办法。

同样紧迫的是，如何保护她免受那些寻欢作乐者的伤害。事实上，加拿大皇家骑警队打算努力禁止他们使用轻武器，但根本无法确保她不受打扰。达尼·格林甚至警告我，事情甚至有可能完全相反，哪怕只是为了刁难我，他们都很可能变本加厉地伤害她，因为正是我阻止了他们的打靶游戏。在伯吉奥有大量的炸药储备，很容易就能搞到。我只希望他们不会想到这一点，但对此我也深表怀疑。

充足的食物、有效的保护和下次涨潮就释放她的计划（必须是下次涨潮，不能再拖了），这些就是我列出来的她

---

[1] 31华氏度约等于零下0.56摄氏度。——编者

的需求。很明显我无法独自完成这一切，必须从外界寻求帮助。

周六中午之前，我又回到了神奇的黑色电话匣子旁，这次我决定直接找鲸鱼守护神。经过两个小时跟空中电波恶魔的艰苦搏斗，我竟然神奇地接通了纽芬兰地区渔业部部长的电话，至少从法律上讲，他对鲸负有责任。我用自己最大的嗓门向他解释，恳求其帮助，但除了接下来很长一段时间嗓子哑了之外，没有什么切实效果。我被告知，纽芬兰政府有很多事情要处理，任何一件都比保护一头长须鲸重要多了。

跟另外几个省部级官员的通话也是无果而终，很明显那些当权派不愿保护那头鲸，也不会给我提供任何帮助。我甚至怀疑，那些我打过电话的人，很多都会觉得我脑子有点不正常。

跟政客们的通话，让我对获得帮助不再抱任何希望。在别处的失败促使我去找我们自己的镇长，不巧的是，他到圣约翰出差了。我就去找副镇长——医疗队的男医生。他内心柔软，举止优雅，简直像随风摆柳，妖娆多姿。他本性是个中立主义者，不过对于我竟然请他帮忙，反应非常激烈。他认为那头鲸跟他或者跟镇上的任何人都无关，甚至还强调，那跟我也没关系。他妻子也是地方议员，赞同他的判断，同时还表达了自己的看法。她认为伯吉奥人有权用他们选择的任何方式杀死那头鲸，更过分的是，她竟然说鲸鱼的尸体还可以物尽其用，拿来喂狗（巧合的是，他们正好有两只纽芬兰犬，又高又大，总是吃不饱）。

夜幕降临，房子在暴风雪中飘摇。自我怀疑的恶魔开始在心中蔓延，可能我真的有点疯吧，简直太高估自己了，竟然想凭一己之力去拯救那头鲸！或许这场战争已经输了，这本来就是一出悲剧，我就不该干涉。这时，我又看到了那头鲸，碧波荡漾中，她正滑过柯特的船，这幅景象让我不再自我怀疑。这头海中怪兽所属的种群正在消亡，她是幸存者之一。尽管跟她只是短暂接触，只有几个星期，我还是要救她，这很可能缩小我们两个物种之间的心理鸿沟；也很可能在某种程度上改变鲸在人类心目中那遥不可及、可怕的形象。如果这次亲密接触的机会，能够促使人类以一种怜悯的姿态看待这些神秘的生物（虽然以往我们一直不愿意这么做），很可能有助于终结残忍屠杀鲸类的恶行。

这种想法，再加上没人愿意帮忙，简直让我发疯。我决定让那些本应对鲸感兴趣却态度冷漠的人，表现出应有的热情。上帝作证，我相信自己能做到。

"克莱尔，"我跟妻子说，"我要把这个故事透露给媒体，整个故事，包括枪击事件。会有人对此做出反应的，他们肯定会小题大做，迫使这里的某些人采取措施。这肯定不是伯吉奥人想要的，而且可能给本地带来恶劣影响。你觉得呢？"

克莱尔非常喜欢伯吉奥，这是她婚后的第一个家。作为女人，她非常精明，明白我们在当地还没有完全被接纳，也能预见该决定可能带来的影响。外边狂风呼啸，风雪交加，她的声音显得异常轻柔："如果你必须这样……噢！法利，我也不想让那头鲸死……但是这样做，会伤害到伯吉奥的……你根本不懂……但我猜……我猜你不得不这样做。"

这时，电话铃响了，我去接电话，这个话题暂停。赫米蒂奇的接线员给我读了一封电报，信号时断时续，她的声音含糊不清，几乎听不到。这封电报来自联邦渔业部的一个生物学家，戴维·萨金特博士（Dr. David Sergeant）。他跟别人观点不同，思想开明，有探究精神，鼓励其科学家同事们行动起来。

> 已经联系了几个新英格兰地区著名的生物学家。他们对你提到的鲸非常感兴趣，将尽早抵达，请你马上开始系统观察。打过电话，但伯吉奥的电话接不通。明天再试，祝好运！

这真是黑暗中的一道曙光，在那个黑色星期六，让我觉得救援一定会到来的。我和克莱尔正要上床睡觉，又得到一个令人振奋的好消息：收音机上的气象预报说暴风雪要停了，星期天会是一个大晴天。

可要是我能预料到那个星期天会发生什么事，我宁愿来一场飓风！

# 第十二章　一个"风平浪静"的星期天

伯吉奥的冬天天气很有规律，好像总是连续六天暴风雪，第七天则是一个好天气，而这一天又总是星期天。我跟一个英国国教牧师探讨过这一有趣现象，他没当面反驳，但很显然不同意我的观点。

1月29日，星期天，今天也不例外，简直像春天一样，万里无云、阳光明媚，海上风平浪静，温度骤升。一大早，我和奥尼·斯蒂克兰德就坐着他的平底小渔船赶往奥尔德里奇湾，带了食物和一个茶壶，打算在那里待上一整天，观察那头鲸，详细记录其行为。我本来希望和奥尼跟她单独待会儿，到了才发现，海沟入口处已经停靠了很多小船，二三十人聚集在山脊上俯视着海湾。看到没人带枪，我松了口气。

我们也加入其中。有几个渔民我认识，他们只是静静地站在那里，看着鲸一圈圈游来游去，没有进一步的动作。

趁此机会，我大力宣扬我的想法，大意是，能拥有这样一头庞然大物，伯吉奥是多么幸运，如果伯吉奥能一直保有这头鲸，肯定会引起政府官员的注意（该居民区地理位置比较偏僻，多年来一直不受重视）。

虽然心存疑虑，不太相信伯吉奥之外的人会对一头鲸感兴趣，他们还是很有礼貌地听着。无论如何，最起码他们觉得不应该再折磨那头鲸了。一个五官分明的瘦高个子，来自雷德岛（Red Island）的哈维·英格拉姆（Harvey Ingram）说："应该不会再有人做那种蠢事儿了，随她去吧，我觉得，她又没有伤害任何人。"其他人也点头表示同意。

当时我想，要是外界的援助迟迟不来，只要让大家对这头鲸产生足够的兴趣（是的，对她的怜悯之心），我们就自己也能照顾她。

其中一个总是在哈哈湾捕鱼的人说："可怜的家伙已经够倒霉的了。"

但他接下来的话使我心情沮丧："她刚来的时候，海湾里有很多鲱鱼，现在几乎都看不到了。刚见她时，圆滚滚、胖乎乎的，现在看起来真惨。要我说呀，她已经皮包骨头了！"

说话的当口儿，我们看见一艘舷外快艇飞快地驶入海湾，溅起一串水花。船长是一个年轻人，夏天在大湖区的货船上打工，船是根据邮购目录选购的。他还带了几个伙伴，他们都穿着鲜艳的尼龙防风夹克，就像内陆小镇弹子房的常客穿的那种。一会儿工夫，他们便停船靠岸，跟我们这些穿着朴素的家伙保持一定距离，但故意高声喧哗，让我们听到他们在说什么，我们也就不说话了。

"要不是怕有人会向警察告状，我们就弄死她。"一个瘦长脸瞥了我一眼。

"就是！"他的同伴回应道，"那些外来户管好自己就行了，别多管闲事儿。"说着，他往雪地上啐了一口唾沫以示不屑。

"在这里站着干吗？还怕他妈的鲸不成？走，兜一圈儿，说不定还能玩点儿刺激的。"另一个人大声喊道。

他们陆续登上船，走了。站在我旁边的一个人平静地说："船长，别理他们。哪儿都有这种人，张扬、浮夸、恶名昭彰，没什么意思。"说得好！我对此心存感激。

此时，越来越多的船从肖特湾开往奥尔德里奇湾，停在港口，一路往西排开，有动力平底小渔船、小型帆船、延绳钓鱼船，还有几艘划艇，是几个年轻人用桨划过来的。难得有个好天气，大家都来看鲸。大部分新来的渔船满足于停泊在海沟入口处，但在那艘快艇的带领下，有几艘直接开进海湾。刚开始，他们只是靠岸航行，把开阔的水域留给鲸——他们显然也被这个庞然大物给吓到了，不敢靠太近；到了中午，大约有三十艘船带来了一百多人，气氛开始发生变化。

很多人聚集在海湾南面和西南面。有那么多人关注，又喝了不少啤酒，不少年轻人（有的已经不那么年轻了）觉得是时候展现他们的勇气了。那艘第一个驶入的机动船突然加速，咆哮着冲入海湾，离鲸只有几码了，她才潜入水中。岸上的人发出一种刺耳的喝彩声，才过了几分钟，气氛就完全变了，那种感觉令人害怕。

越来越多的船开动引擎，向海湾驶去，有五六艘最快的船驶离岸边的安全区，向海湾中间冲去。诸多发动机的轰鸣声混杂在一起，简直像在咆哮；再加上周围悬崖的回声，震耳欲聋，让人很不舒服。带头的机动船胆子越来越大，竟然以接近20节的速度咆哮着穿越鲸刚刚游过的水面，拖出一条公鸡尾巴似的水柱。

这时，鲸已经无法悠闲地游大圈了，每隔五到十分钟就要浮上来透透气。她开始没有什么规律地快速游动，试图摆脱那几艘快艇。由于经常突然转向，尾鳍搅动得附近水域也波涛汹涌起来。一般情况下，每次潜入水中，她都要浮出水面，呼吸两三次，再优哉游哉地排空肺部的废气。现在不行了，她几乎是赶紧吸口气就被赶入水中。她越来越频繁地浮上水面，但没有任何要报复的迹象，这更助长了那些寻欢作乐者的嚣张气焰。其中两艘最快的船开始全速围着她转，就像一对恶毒的水甲虫。

旁观者们的情绪也正发生可怕的变化，他们不再满足于消极地好奇观看，开始有一种狂热的期盼。我环顾四周，竟然在那些人的脸上发现一种如饥似渴的贪婪期待，这种情绪一般只会出现在职业拳击赛场。在这紧要关头，骑警队的巡逻艇出现在海沟入口处，我和奥尼跳上平底小渔船拦住了汽艇，并向默多克巡警寻求帮助。

"这些人疯了！就是淹不死，他们也会把鲸赶上岸。你必须阻止他们，快命令他们滚出海湾！"

巡警抱歉地摇了摇头，说："不好意思，没办法。他们又没犯法，这你知道。除非地方政府下令，我根本什么都做不了。不过我可以把巡逻艇开到海湾中间，停在那里，或许这样能让他们有所收敛。"

这个小伙子人挺好的，就是有点儿不适应自己的新工作，总是循规蹈矩。跟他相比，我有点无礼了——由于悲愤，我竟然用话语暗示他是个懦夫。他没理我，只是平静地告诉达尼把巡逻艇开进去。

我和奥尼跟着他们穿过海沟，沿着西南海岸航行，途中召集了一些人，努力劝说那些年轻人不要骚扰鲸。当然，也有人根本不理我们，还有一个中年商人嘲弄地对我笑了笑，故意把发动机的声音开大，这样他就听不到我的话了。本来岸边的那些老渔民挺同情我的，现在因为我对巡警的态度，也不知道该怎么对待我了。聚集在奥尔德里奇湾的人们已经意识到（虽然我后来才认识到），戏剧性的一幕马上就要到来，要是悲剧，那就更好了。

发现不管是鲸还是巡警都没什么可怕的，快艇上的寻欢作乐者们开始齐心协力把鲸往海湾东部的浅水区赶。三艘船围成一个圈儿，她突然调头，想逃开，没想到大半个身子搁浅在一块大石头上。

她巨大的尾鳍悬在半空，拍打在水面上，激起一波惊人的浪花。她屁股朝前，头高高地抬起，侧面着地，长长的胸鳍直指天空。我用望远镜观察了一会儿，从下腹部判断，她是一头雌鲸。慢慢地，她终于从岩石上滑下来，重获自由。岸上的人骚动起来，咆哮着，连发动机的轰鸣声都遮挡不住。无名的狂热在渔民们心中燃起，他们更加恶毒地攻击那头惊慌失措的鲸。

她没有潜入水中，而是直接逃往东面的浅水区，那里没人，也没船。快艇紧随其后，不让她改变航向。为了努力摆脱他们，她径直冲向一片沙洲，整个搁浅在那儿。海湾里乱哄哄的，人们大喊大叫着跳到各式各样的船上，涌向这头搁浅的动物。注意到医疗队（伯吉奥的副镇长和他的议员妻子）上了一艘小型延绳钓鱼船，我让奥尼把平底小渔船靠近他们，翻越栏杆，跳了上去。当时，我非常气愤，口齿不清地命令副镇长让巡警清理海湾。

他这个人简直没什么人格尊严，不过当时我特别愤怒，即使他有我也不在乎。他噘着松软的红嘴唇回答道："那有什么用？不管怎么样，鲸还是要死的，既然如此，我还干涉干吗？"他转过身，忙着用他那昂贵的摄像机记录鲸的最后时刻。一艘挨一艘的船挤在那个死胡同，为了找一个好的观察点，人们从一艘船爬上另一艘，或者直接站在岸上。

我们的谈话肯定被人听到了，有人还小声嘟囔着附和医生的话。后来有人大声喊道："那头鲸终于完蛋了，再见！她现在终于解脱了！"

鲸的状况确实不容乐观，搁浅在不到12英尺深的水中，从头到尾，露出庞大的身体。现在是退潮，要是待在那儿，哪怕只有短短的半小时，她也死定了。她都懒得挣扎了，没有了船的折磨，好像对岸边的人也视而不见，虽然他们离她只有20英尺远。我也不愿相信，但事实上，她已经放弃，生存下去对她来说简直是一种奢望。

看到有三个人下了船，站在浅水中，用石头砸她的头（有一半浸在水中），我再也忍不住，发飙了。我爬上延绳钓鱼船的甲板，大喊大叫，不停咒骂他们。大家都转过头看着我。我稍微平静了一下，开始发表一场激烈的长篇演说。

"这是一头雌鲸，"我大声喊，"很可能已经怀孕了，不要袭击她了，这太可怕、太可鄙、太残忍了！"

我继而威胁道："要是你们还不马上滚出奥尔德里奇湾，继续骚扰这头鲸的话，我会让伯吉奥在全国臭名昭著，并以此为使命。"

现在人们冷静点儿了，我又承诺，如果这头鲸能活下来，她会让伯吉奥闻名遐迩。

"你们会拥有他妈的公路、电视之类的一切……"我记得自己在那儿大喊大叫，反正鲸又不在乎，谁知道我到底说了什么，承诺了什么。这时有人惊奇地喊了一声，打断了我。我们都看了一下，她在动！她在极其缓慢地转动，用胸鳍支撑，慢慢摆动尾鳍。我们这些小矮人静静地看着巨大的"格列佛"[1]，她不可思议地慢慢转动，直到面向海湾，慢慢地，慢慢地，微不可察地，从沙洲上滑下来，消失在波光粼粼的水中。

现在我才意识到她从没想过把自己置于永久困境，相反，她给自己留了后路，故意找了那处浅滩，这样的话她就可以肆意呼吸，不用担心快艇的骚扰。不得不说，当时她能从致命危机中逃离，简直就是个奇迹！她彻底地改变了公众的态度，抑制了那种狂热的情绪，这又是一个奇迹。人们开始静静地爬回自己的船，一个接一个地从南面的海沟撤离，二十分钟后，整个奥尔德里奇湾就只剩我跟奥尼了。

一群人同时离场，谁都不说话，当然也没跟我说话。经过我们的小渔船时，有人故意避开我的眼睛。我觉得那肯定不是因为他们感到内疚。当然肯定有人感觉不好意思，我毕竟羞辱了他们，作为一个团体、一个社区、一个民族，并且是公开羞辱。一个外来户对他们说出心里话，展现了自己的愤怒和蔑视。我们无法假装可以互相理解，毕竟已经形同陌路了。

那天深夜，我写了一篇日记，记录下自己当时的困惑

---

[1] 乔纳森·斯威夫特的名著《格列佛游记》中，格列佛到了"小人国"，对于当地人来说，格列佛简直就是一个巨人。——译者

和失落："我明白，他们本性善良，让我感到失望的是他们竟然无法抗拒野蛮的冲动。城里人喜欢带着大口径步枪和望远镜瞄准器，愚蠢地想要屠杀任何活着的东西，从小松鼠到大象……我尊重他们，认为他们生活在自然界，至少某种程度上跟自然还能和谐共处。现在，他们竟然像城里人一样，令人恶心地想要放弃这一切，让自己陷入令人讨厌透顶的尴尬处境，滥用自然、破坏自然。简直愚不可及，当然我自己也笨得可怜。"

我用词尖刻，且有失公允。但当时被愤怒支配，我已经不能做出客观公正的评价。我不想，或者说不能理解伯吉奥人，无法客观看待他们。现在想来，他们也不过是命运和境遇的牺牲品罢了，只是那时我还没意识到这一点。由于受到伤害和当时的无知，我不再对他们抱有同情。除了鲸，我的眼里再也容不下任何东西。

# 第十三章　向外寻求救援，困鲸事件引起全国轰动

长须鲸的生活涉及太多方面，很多是我们未知的，比如关于他们的亲密行为和私密关系，我们就知之甚少。从来没有人见过它们交配，也没有人目睹一头幼鲸的出生，我们甚至都不知道鲸的妊娠期有多长、雌鲸的生育周期间隔、性成熟时间，包括她怎么在水中给孩子哺乳。

通过检查死鲸中解剖出来的鲸胎，生物学家发现幼鲸一般在早春出生，可能是三四月份。至少北大西洋海域的大部分长须鲸是这样的。因为鲸胎晚期只有一层很薄的脂肪层，保温效果不大，有的生物学家就认为幼鲸一定出生在温暖的南方海域，很可能在神秘的马尾藻海（Sargasso Sea）附近。关于这一点，有的鲸类学者就比较乐观，认为鲸乳量大且营养丰富（浓度超过泽西牛乳汁的10倍），幼鲸体内能产生足够热量让自己存活，即使在极北海域。他们提出这些幼

鲸出生于北极冰盖附近海域，但事实如何，没人知道。

　　基于鲸胎的检查结论，生物学家推测长须鲸妊娠期在10—12个月之间，刚出生的幼鲸长18—20英尺，重达2吨！它们出生后的成长速度也很惊人，幼鲸在6—8个月的哺乳期内，贪婪地吮吸母乳，长度可达45英尺，重达20吨。此后，生长速度明显减慢，6—8年才会到青春期。青春期的雄鲸（个头总比雌鲸小那么一点儿）可长达60英尺，而雌鲸可达65英尺。虽然性成熟看起来挺早的，但新的证据表明，长须鲸要到30岁左右才算真正成年，到那时，雌鲸可能长达75英尺，重达90吨。科学界一直认为长须鲸的生命周期相当短，可能也就是二三十年。但最近几年发现了一种新的计算长须鲸年龄的方法，通过角质耳骨年轮来测定其年龄。现在基本可以确定，只要不受外界影响，蓝鲸或长须鲸的预期寿命可达70多年。

　　我们很可能根本无从得知鲸类的正常生命周期到底有多长，因为鲸类的年龄越大体型就越大，就越容易成为现代捕鲸手的首要目标——人类对大型鲸鱼的捕猎实在是太彻底了，1950年至今，几乎没有再捕获过任何一头成年长须鲸；即使还有成年长须鲸，一定也少得可怜。然而，最近科学家检查了一头大型长须鲸的耳骨，这头长须鲸是半个世纪前被捕杀的，科学家对其耳骨进行了防腐处理。他们估计这头鲸被捕鲸叉杀死的时候，年龄在80—90岁之间。

　　事实上，长须鲸可能是所有哺乳动物（包括人类）中最长寿的。它们成年后没有什么天敌，好像也没什么致命疾病，这一点对我们人类来说很难，简直不可思议。它们是自然界允许可以老死的极少数非人类生命体之一，当然前提条件是，人类不介入。

我相信直到性成熟，幼鲸会一直待在父母身边，组成以家庭为单位的鲸群。不幸的是，由于经验不足，它们在成年之前最易遭受捕鲸者的攻击。捕鲸记录显示，最近几年被捕杀的长须鲸，至少有一半甚至还没来得及交配、繁衍后代。由于人类对其灭绝式的猎杀，长须鲸家族规模总是很小。早期捕鲸业记录显示，长须鲸家族常常多达八名成员。

对于年轻长须鲸如何求偶，我们一无所知。据猜测，在族群定期集会上，特定海域的所有家庭都聚集在一起，年轻长须鲸可以互相交往。以往有很多这种集会的相关描述，但最近40年，这种集会在北大西洋海域没有再出现过。

现在长须鲸群所剩无几，也比较分散，年轻的长须鲸想要遇到合适的配偶可能要等很多年。而长须鲸又是一夫一妻制，这更是雪上加霜。一个性成熟的雌鲸不可能在娘家就生育，长须鲸寡妇也不会再次交配，除非是跟一头未婚配的雄鲸。抹香鲸就是一夫多妻制，因此在人类滥捕滥杀之下，还是在一定程度上保持了种群的规模。对于长须鲸来说，由于数量急剧下降，一夫一妻制不过是一种奢望。

长须鲸的交配对人类来说一直是个谜，作为人类的一员，我觉得没什么好遗憾的，就让它们的亲密行为保持点儿神秘感吧。但有一点可以确定：长须鲸夫妻之间的关系出奇的牢固。如果这都不算爱，那就没有什么可以称为爱了。捕鲸者们早就认识到这一点，并由此"获益良多"。他们知道，如果可以捕获鲸群中的一头雌鲸，她的配偶会一直陪伴在她身边，至死不渝。反过来就不一定了，如果是雄鲸被捕获，雌鲸有孕在身或者在哺乳期，那她肯定会舍他而去。但如果不是必须保护下一代，她也会一直陪伴在垂死的伴侣身边，直到自己身首异处。

我认识一个苏格兰炮手，虽然当时他已经捕杀过2000多头鲸，但他从来不敢回忆自己杀死长须鲸家族的一头雌鲸时的场景。

"我们对它们知之甚少，"他解释道，"那简直就是谋杀，本来就是。我觉得要是我有凯尔特人（the Celtic）的'天眼'神通，肯定能看透那些畜生的想法。那样的话，我就只有放弃我的海上生涯，回到陆地上去了。有时候人知道太多不是好事情，那可能会成为阻碍人类前进的绊脚石。"

星期天的灾难事件之后，我发现那很可能是一头已经怀孕的雌鲸，这让我更加下定决心要寻求外界援助。我决定执行早些时候做出的决定。星期一上午八点，我给在多伦多的加拿大新闻总署发了一封电报，内容如下：

　　1月21日，一头鲸被困在伯吉奥的一个小海湾里，她长70英尺，重达80吨。海湾形成了一个天然水池，方圆半英里左右，鲸可以自由游动。在过去的五天里，当地的寻欢作乐者们以鲸为目标，用高能步枪玩打靶游戏，并持续用汽艇折磨她。我已经成功说服皇家骑警队发布禁止射击的命令，但恐怕还会有别的危险状况。到目前为止，这是有史以来能够见诸报道的体型最大的一头长须鲸，对科学研究绝对有无与伦比的价值。现在急需外界的帮助，以保护和喂养这头鲸。尽管她看起来状态还行，但体重已在急剧下降，此外还要承受人类的迫害。想要了解更多的细节，请打电话到伯吉奥联系我。

我并不指望这封简单的电报会轰动整个媒体界，只是希望能引起新闻界和广播界的关注，这样的话，就会有人给我打电话索要更多的信息，说不定他们当中就有人能编个故事激发外界采取行动。因此当我和克莱尔像往常一样打开收音机，收听加拿大广播公司的国内外午间新闻播报时，听到鲸受困的消息已经成为头版头条，简直是大吃一惊。

一直以来这头鲸的运气都不太好，现在好像否极泰来了，反而让我们一头雾水。

原来，由于长期不在加拿大，我们对于几周以来大家都很关注的一群齿鲸的故事一无所知。那是一群白鲸，个头很小，长得很像海豚。由于今年冰期来得早，它们被困在伊努维克（Inuvik）附近北冰洋海域一条狭长的海湾，那是麦肯齐河（Mackenzie River）入海口的一个小居民点。刚开始，这17头鲸虽然无法穿越50英里范围的冰层，游到开阔水域，但还是可以努力保有一小片儿可供呼吸的开阔水面。但随着天气越来越冷，它们的"呼吸孔"也越来越小，形势非常严峻。

白鲸的困境引起伊努维克人的广泛关注，当地成立了一个白鲸救援委员会。到了1月初，冰面继续收缩，白鲸的呼吸孔只剩下一小片水域，长40英尺，宽20英尺。为了保持呼吸孔的通畅，伊努维克白鲸救援委员会空运来了电锯，拯救白鲸已经成为一场全国性行动。

而就是那个温暖的周日，在距东南海岸6000英里远的伯吉奥，寻欢作乐者们正乘着汽艇不断袭击被困的长须鲸。与此同时，伊努维克地区也迎来了一场大规模的暴风雪，气温骤降到零下40摄氏度，谁都没办法靠近白鲸被困的小海湾。周一，在多伦多加拿大新闻办公室，我的电报正在打印，伊努维克的电报也发了过来——昨晚呼吸孔被冻住了，所有的白鲸都窒息而死。

伊努维克的故事以悲惨告终，伯吉奥长须鲸的故事才刚刚开始，这两篇报道几乎同时抵达新闻编辑的案头，编辑们很快调整思路，转移焦点。周一，广播电台、报社和通讯社都打来电话，咨询加拿大广播公司报道的长须鲸事件详情。能让通讯保持畅通，赫米蒂奇电话中转站的年轻女接线员真不简单，不过我一直不知道她的名字。在紧张忙碌的工作告一段落之后，出于礼貌，她以个人名义打电话给我，听得出来，她非常疲惫。她说自己会尽最大的努力保证线路运转，为那头可怜的鲸创造一线生机。

周一，要应付媒体，我没法去看望鲸，不过达尼·格林帮我守着她呢。

"跟往常一样，她身手敏捷，正在游来游去。"达尼打电话向我汇报情况，"这里很安静，她比昨天喷气还厉害呢！不过有一件事很奇怪——还有一头鲸。我们在海湾的时候，他就在海沟外面，汉恩兄弟说每次他们进出海湾，他都在那里。我和默多克巡警观察了好一会儿，发现一件特别奇怪的事情：尽管相隔半英里，看不到彼此，他们竟然同时喷气，同时发声。可能听起来有点蠢，但我相信他们是一对儿，彼此有交流。你说里面那头是雌的？好吧，那外边那头就是雄的，再见。"

研究发现，小型齿鲸发出的声音可以用来进行声波测距和回声定位，至于它们能否进行信息交流，这一点毋庸置疑，虽然才刚刚开始研究。尽管不像一些传统科学家想象的那么确定，约翰·C.利利（John C. Lilly）的海豚研究已经证明了这一点。利利和他的研究团队发现海豚是有智慧的，不过跟人类相比，智力比较低下。这些相对原始的小鲸不但能进行复杂的信息交换，还能在一定程度上传递丰富的情绪，在这一点上，它们超越了任何人类已知的非人类动物。

现在我们只是猜测长须鲸和其他大型鲸类有交流信息的能力。40年前，科学家们还依然相信，大部分长须鲸不会发出声音！尽管人类捕杀长须鲸几百年了，却从来没有听到它们发出过任何声音。由于超灵敏水中听音器（用于窃听敌方潜艇）的应用，最近有一项惊人发现：长须鲸是所有生物中最健谈的。研究长须鲸声音的科学家表示，它们发出的声音，无论其传播范围、复杂程度还是频率都相当令人吃惊，但我们在翻译、理解其声音模型、目的和意义方面却一筹莫展。有些奇怪的悦耳声音序列在很大程度上很像音乐，另外一些相当复杂的高频敲击声和口哨声组合听起来极像高速交流代码。我们破译这些代码还需要很长一段时间——如果真的能够破解。同时，任何听到长须鲸水下声音的人，只要思想开明，就不难得出这样的结论：这些长须鲸能，并且正在互相交流，且不管是在内容的复杂程度还是效率上，都令人嫉妒。至于它们到底在交流什么，我们一无所知。但我们完全有理由相信，它们绝不只是单纯地能听到对方的声音。它们比那可要聪明多了。

鲸语不需要任何电子设备辅助就能进行远距离传播，因为声音在水中比在空气中更易于传播。虽然我们人类的听觉不太灵敏，但在低频范围内，也能听到35英里范围内的长须鲸在水下的交谈声。因此我们也有理由相信，一些大型鲸鱼即使相隔几百英里也能互相交流。我认识一个科学家，他发现鲸语是通过深海中海底盆地的特定运载通道传递的，不过，这一发现只是用于军事方面，公众对此知之甚少。我的那个朋友，曾经为美国海军工作，相信鲸鱼知道这些全球通信通道，可能还用它们来打免费长途电话呢。

周二上午，我终于逃离了媒体恶魔（简直是自作自受），回到海湾，陪伴那个庞然大物。她性情温顺，静静地待在那儿。虽然暴雪肆虐，狂风呼啸，"守护者"（我们给那头雄鲸起的教名）依然坚守在海沟入口处。奥尼驾着平底小渔船载着我，在离海沟入口还有很远的地方，我们就看到"守护者"把水高高喷上布满阴霾的天空。

我们熄灭引擎，让船慢慢漂向那头鲸，他今天的行为有点怪异。在海沟入口处不超过两百米的范围快速来回游动，每隔一两分钟就浮上水面喷一次水。他好像根本没注意到我们，我们都漂到离他只有50英尺的地方了，他还逗留在水面上。就在那时，我又一次听到了长须鲸的叫声，毋庸置疑，是他发出的。

再次听到或者说感受到那种低音，感觉就像多雾的夜晚，低音风琴管的声音从远处飘来。那是一种令人不安的声音，是来自另一个世界的怪诞颤音，我和奥尼从没听过。我很想再听一次，就在平底小渔船上静静地等着。可直到小船漂过海沟入口，还是没能如愿。我只好让奥尼转动调速轮，向海湾开去。

刚进入海湾，我们就发现那头雌鲸刚在浅滩处喷完气，潜入水中。当时有四个人正开着一艘挺大的白色快艇向她呼啸而去，速度飞快，都没看到我们，差点溅我们一身水。他们转了一圈，放慢速度，我认出有些是星期天事件中的仇敌。我噌的一下跳了起来，生气地大吼："你们给我滚出去！马上滚，不准再回来！"

那艘快艇的驾驶员让他的舷外马达空转着，咧嘴笑了笑，挑衅道："你凭什么让我们走？"

我吓唬他说："加拿大皇家骑警队敢！斯莫尔伍德省长已经接管了这头鲸，现在她是政府财产了！"

1967年，纽芬兰只有一个"上帝"，那就是"先知"乔伊·斯莫尔伍德。虽然到目前为止，斯莫尔伍德对这头鲸还没有表露出任何兴趣，我还是决定借用他的名义——不用白不用，毕竟这是唯一能吓到他们的办法。他们嘟囔了几句，最后还是驾着快艇走了。

我和奥尼爬上岸，找了一块岩石——那儿背风，居高临下——安顿下来。海湾又恢复了平静，鲸也重新开始绕着圈游来游去。刚开始她只是在海湾最北端的水面，离我们的船较远；一个小时后，开始靠近我们，我们惊恐地发现其背鳍靠前的地方有一道三四英尺长的口子，白色的鲸脂被砍开有几英寸深。

这时，白色快艇上的寻欢作乐者们已回到伯吉奥，开始大肆吹嘘他们的英勇事迹：鲸正要潜入水中，他们就开着快艇高速掠过她的脊背。

其中一个吹嘘道："舵轮上断了一根手柄，我们也在她身上整出一个大洞。"

新伤口触目惊心，不过她看起来精神还不错，活动也正常。虽然前一天我没有亲自来看她，但据阿特大叔及其他人的描述，一切正常。快涨潮时，她突然不再慢慢游动，而是故意快速冲向海湾中间，在水面上打转，速度飞快，以至于水面上卷起一圈一圈漩涡。后来，她又改变航向，肚皮反射出青白色，后面有一团漩涡，还有上升的气泡，这些都表明她又张开了嘴巴。

"她发现鲱鱼了！"奥尼兴奋地大喊，"现在正涨潮，肯定有一些鲱鱼从海沟游进来了，她正在捕鱼。"

那肯定是很小的一群鲱鱼，我们停靠的地方，海水清澈见底，再小的鱼群游过都不可能逃过我们的眼睛。在那之后，她再也没有尝试觅食。

"要是只能靠吃自己游进来的鲱鱼，她肯定会饿死。她肯定饿慌了！怎么不弄翻几艘快艇，吞下去，也能填饱点儿肚子！"奥尼说。

我们在那儿一直待到天黑才往回走，人都快冻僵了。除了快艇事件那个小插曲，这一天奥尔德里奇湾还是蛮平静的。在梅塞尔，情况就完全不同了。我种下的恶因，可怜的克莱尔却要承担恶果。她一直在接电话，一天下来接了不下30个电话，还有电报，来自报社的、通讯社的、电台的，甚至还有一封电报是纽芬兰省长发来的，内容如下：

很高兴地通知你，我和我的同事已经达成协议，将给当地渔民1000美元，让他们捕鲱鱼喂你的鲸。你能负责组织人照顾并喂养你的猎物吗？

致以最亲切的问候！

乔伊·斯莫尔伍德

我读电报的时候，克莱尔说："有一个来自圣约翰的记者打来电话，让我转告你，鲸的故事已经举国皆知，甚至成了全球性新闻了。乔伊打算出风头，还让我告诉你，除非钱到手，否则千万别自己付钱。"

《多伦多星报》(Toronto Star)的摄影师鲍勃·布鲁克斯(Bob Brooks)也来了。当天下午晚些时候，他租了一架雪地飞机降落在一个咸水湖的冰面上，该湖离我们这里两英里远，他一步步蹚过齐膝厚的雪，好不容易才到肖特湾海岸。幸运的是，一个渔民路过发现了他，把他带到伯吉奥，当时他都快冻死了。

我到家的时候，他正在炉子旁取暖，还在抱怨伯吉奥怎么这么偏僻。他由衷地感慨："你他妈的怎么选了这么个鬼地方，去巴芬岛(Baffin Island)还容易些！"

当日，克莱尔还接了一些本地人打来的电话，其中有一个是医疗队的女医生，对于我把鲸的事情告诉外界，她非常气愤，好像我做了什么见不得人的事儿。那有什么关系呢？斯莫尔伍德的电报内容已经人尽皆知，伯吉奥的商人和政界人士也认识到，一头活生生的鲸具有多大的宣传价值。刚开始人们只是好奇，她只不过是当地寻欢作乐者们的目标，现在情况不一样了，她开始产生经济效益了。

当天晚上晚些时候，我跟克莱尔正在讨论怎么处理那些捐款，几个记者告诉我们，他们打算一起帮忙喂鲸。看吧，她的地位提高了！

克莱尔建议："为什么不找西南海岸俱乐部帮忙呢？那是个服务型部门，应该会乐意帮忙的。"

虽然心里有些疑虑，我还是给俱乐部的一个官员打了电话。听了我的想法，他表示很感兴趣，甚至有点兴奋。他说："很遗憾你把枪击事件也告诉他们了，不过没关系，反正这头鲸让伯吉奥出名了。我听说，甚至都引起乔伊的注意了，这真是本地发生的最好的事情了。好的。我们很乐意管理这笔钱，有其他需要，也请务必告诉我。"

挂断电话，我松了口气！之前发了那篇新闻稿，本来还有点害怕引起怨恨，还好没有。

我又问了问汉恩兄弟，鲱鱼是否会大量进入海湾，这是周二晚上我做的最后一件事。他们认为肯定很少，即使有，也会被鲸鱼吓得逃出来。我安排他们涨潮后到海湾去一趟，在海沟入口处设置一道细孔网，万一有鲱鱼涨潮时游进去，以防其再跑出来。当然，这只是权宜之计，我们必须尽快想出办法，一劳永逸解决她的食物问题，这就需要大量的鲱鱼。

与此同时，克莱尔正忙着刷一个大牌子，准备立在海沟入口处。用词有点夸张，不过也没什么，毕竟乔伊·斯莫尔伍德已经公开宣称自己是鲸的守护者，而他代表的又是纽芬兰政府。

警告

任何人不得折磨这头鲸！
未经允许，
任何船只不得进入奥尔德里奇湾！

纽芬兰政府令

# 第十四章　短暂的喘息

2月1日，天气特别好，虽然很冷，但没风，且艳阳高照，天空一片淡蓝。我们还没吃完早饭呢，奥尼·斯蒂克兰德就整装待发了——大家都很想知道鲸到底怎么样了。

奥尼是个单身汉，跟外甥一家生活在一起，看起来对这样的生活很满足。他性格有点怪，有时让人捉摸不透，不过总的来说，他为人友善，大家都喜欢他。此外，他体型偏瘦，长着一张长长的大众脸，神情忧郁，属于扔在人堆里就找不到的那种。

他唯一的知己，就是他外甥养的黑毛水狗罗弗（Rover），他们有时会一起连续消失几个小时。有一次我用望远镜寻找鲸的踪迹，在不远的一片海滩上，竟然发现他坐在一堆浮木上，手放在老狗头上，身体前倾，做倾听状，一动不动，好像在等待或观察什么东西；至于是什么，那就只有他自己知道了。对于伯吉奥的其他东西，他态度消极，漠不关心，让人捉摸不透，直到鲸的到来。

很奇怪，从一开始，奥尼对她就很感兴趣。不管什么时候我想去海湾，他都会驾驶平底小渔船适时出现，从没提过报酬什么的。他会坐在小渔船上，有时坐在岸边的岩石上，看着那头鲸堂而皇之地游来游去，很少让鲸离开视线。我从没意识到他对鲸那么着迷，直到有一天晚上我们正要离开海湾，"守护者"突然在我们面前露出水面喷气，而雌鲸就在后面发出扑哧扑哧的喷气声。奥尼停止撑船，待在海沟，平静又坚定地说："所有生物都应该来去自由！"

可能突然意识到说得太多了，他急忙转过身，弯腰转向老引擎的转向盘。但这句话深深印入我的脑海，使我开始深入探究奥尼的生活。直到此时我才了解，青年时代起，他就一直照顾生病的父母，他们去世后，他又要照顾一个残疾的妹妹。我觉得，作为一个经济独立的渔民，他思想单纯，在安静的外港过着安逸的日子，这是他自己的选择；同时我又觉得他有点可悲，困在自己营造的牢笼里。他也有自己的梦想，一直以来，他都想出去看看，不是钓鱼，不是沿岸航行，而是到深海区，去遨游世界。

了解到这些信息，他对鲸被困那么上心就完全可以理解了。他能理解那种曾经拥有自由，而又失去的痛苦，因此对鲸的遭遇深表同情。

鲍勃·布鲁克斯背着沉重的相机设备陪我们到了海湾，

出乎意料，那儿竟然没人。我们从容不迫地把新告示牌树立在海沟入口处，又把网重新系牢——网是汉恩挡在入口处的，不知怎么回事竟然脱落了。接着，我们翻越山脊。海湾非常平静，群山和悬崖完美倒映在水面上。岩石的颜色有点昏暗，上面还有一些奇妙的颜色，水中的倒影仿佛在水下燃烧的蓝色火焰。

我们刚到，鲸就映入眼帘，她正在北岸的一个小岛附近喷气。我把望远镜、笔记本放好，把码表设置好，开始观察、记录她的行为；布鲁克斯则在悬崖间吃力地爬来爬去，寻找最好的拍摄角度。那天早上，我感觉特别美妙，就像在做梦。鲸的活动是有规律的，船员们说，是以太阳为中心，像钟表一样转来转去；潜入水下待上不短的时间，她才露出水面喘两口气，然后又慢慢淡出人们的视线。水面结了一层薄冰，平静无波，清澈透明，有时我都能看到她的整个身体，在水下一闪一闪的。

她没有捕食，很可能也无鱼可捕，就是一直不停地、流畅地绕着圈游来游去。我的脑海中突然闪现出一抹记忆，让这种好天气带来的满足感突然幻灭。我的脑海中又浮现出那个场景，一只大灰狼在笼子里没完没了地走来走去，永不停歇、死气沉沉、了无生机……就像囚犯那样一圈一圈地转，永无休止、毫无意义。

上半晌，巡逻艇小心翼翼地驶入海湾，停稳后，我上去跟达尼和巡警聊了会儿。达尼告诉我，我们在温暖的甲板上观察鲸的当口，伯吉奥发生了一场大骚动。

"那些电台新闻报道真是把他们惹火了，有一批人想在码头上扁你一顿，因为你碰了禁区，他们特别生气；也有不少人认为你做得对，但麻烦的是，这些人都不怎么说话，而前者又喋喋不休。"

"达尼，你觉得呢？"

达尼的苦瓜脸松弛下来，咧嘴对我笑了笑："好吧！你就是个笨蛋。不过，他们越来越过分，也该有人打醒他们了。从前，人们想吃肉，才拿枪去打猎。现在不管去哪儿，他们都带着枪，说不定看到邻居的猫，都会一枪打死。"

他停了一下，心有余悸地看了看正在转圈的鲸，说道："我听说西南俱乐部现在正准备全力以赴地保护鲸，喂她、照顾她。不过我能猜出原因，这对生意有好处，说不定还能让政府为伯吉奥修一条公路呢。真他妈的搞笑，他们当中很多人一周前还用枪打过鲸呢。"

巡逻艇开走了，只剩下我们三个陪着鲸。好景不长，一架"水獭"水上飞机从我们头顶呼啸而过，降落在肖特岬（Short Head）的方向。过了一会儿，一艘小型动力帆船驶入海湾，船上是一群加拿大广播公司的工作人员，他们从圣约翰坐飞机来，大多数我都认识，看到他们我又惊又喜。

"莫厄特，他妈的你的鲸在哪儿？"那个瘦瘦的高个子摄影师跟跟跄跄地沿着山脊向我走来，"还是昨晚喝大了，从酒瓶里冒出来的？天哪，你的报道引起全国轰动了！哥伦比亚广播公司正从纽约派一队人员过来；多伦多的加拿大广播电台指望我们拍好视频，在今晚的国内新闻节目中抢先播出，要不然……要是没有鲸的话，你这家伙最好快点滚！"

我指着海湾说："那就是你们要的鲸。"她正好浮出水面。那四个城里来的家伙转过头盯着我指的方向，我听到有人发出呼哧呼哧的喘气声。

她浮出水面，离我们站立的位置30码，离奥尼不到15码，他正坐在漂浮的小渔船上。浮出水面时，由于水的折射，她那淡绿色的身体显得更大了，胸鳍入水溅起的水花，有游泳池那么大；接着她圆滚滚的大脑袋露出水面，喷射出20英尺高的水柱，在太阳的照耀下晶莹剔透；巨大的鲸背继而映入眼帘，又慢慢沉入水中，水雾也就慢慢消散了。好长一段时间，大家都一声不吭，摄像师转向我，他长相滑稽，但表情突然变得异常严肃。

"我的老天爷，你真的搞到了一头鲸！"他小声说。

然后就没人理我了，他们忙着架设摄像机，在拍完最后一组画面之前，估计是没时间理我了。

在他们卸三脚架时，制片人把酒瓶递给我，我喝了一口。

"法利，你知道吗？在内陆，人们把这整个事件当成了奇闻怪谈，把她叫作'亚哈·莫厄特'（Ahab Mowat）或'大白鲸'[1]什么的。马克斯·弗格森（Max Ferguson）今天早上

---

[1] 美国著名作家赫尔曼·麦尔维尔的代表作《大白鲸》中的大白鲸。——译者

在国家电台做了一个滑稽短剧，是总理皮尔逊（Pearson）和斯莫尔伍德关于这头鲸归属问题的争论——她属于伯吉奥省呢还是联邦政府呢？我们也觉得这是一种奇谈，除此之外，别无其他。你见过他妈的这么大的东西吗？可怜的畜生，被人残忍地折磨着，真希望你能救她。无论如何，把她弄出去吧!"

那天我努力做了几件事，其中之一就是确定那些枪手对她造成的伤害到底有多大。加拿大广播公司的人走了之后，我跟奥尼划到离岸50码的地方，静静地坐在船里。水很清，鲸游过时可以清楚地看到她的腹部。有一次她离我们很近，只有一船之隔，我有种奇怪的感觉，她紧紧盯着我，眼睛有成人的头那么大。我们在认真观察她，很可能她也在仔细观察我们。她常常直接从小渔船下穿过，或者在离小船几英尺的地方游过，好像在邀请我们做伴。

在她的背鳍根部有一个伤口，有手掌那么宽，6英寸深，露出一层黄白色的鲸脂和暗红色——或者说是黑色的肌肉组织。与此相比，她身上的其他伤口就显得不值一提了。我数了一下，她的背上大约有150处白色的伤口，应该都是子弹孔，跟其体型相比，这些伤口简直微不足道，就像蚊子在人身上叮的包一样。她已经不再流血了，表面看上去问题不大，我希望那次射击事件没对她造成太恶劣的伤害，这也能给我一些信心。她那厚厚的肌肉层和脂肪下的骨头大概能把子弹吸收掉吧，就像公牛可以毫不费力地吸收掉打在其臀部的猎枪子弹一样，对此我乐见其成。

对其伤口的乐观评估，再加上她表现得也比较从容，让我相信形势逆转了。同时外界的帮助也快到了，我相信我们真的有可能打赢这场仗，拯救她，还她自由。

事实上，除非喂食的问题得到解决，否则我们不可能打赢这场仗。她的体重很明显在急剧下降，背部都成 V 字形了——巨大的脊椎骨高高凸起，轮廓越来越明显。随着她的体重急剧下降，又没有看到幼鲸，我更有理由相信她怀孕了。尽管没有任何办法证明自己的推断，我还是固执地认为她有了身孕，估计还不到两个月。

情况还不是太糟，附近就有很多鲱鱼，问题是怎么把它们赶入奥尔德里奇湾，在鲸吞食之前不让它们逃出来。一个解决方案是雇一些人在肖特岬用刺网捕鱼，再用小渔船把这些死鲱鱼运到海湾，倒进去，但问题是，她到底吃不吃死鱼，对此我持怀疑态度。鲸生来就吞食游动的活鱼和大片浮游生物，习惯了在水中捕食，不会去海底捞死鱼吃。

正好汉恩从哈哈湾带来了一大桶鳕鱼，我突发奇想，把船划到鳕鱼屠宰场，让他们把内脏留着，里面清一色都是鲱鱼。清理完后，我和奥尼把重达200多磅的死鲱鱼放进大饵舱，置于小渔船前端，摇摇晃晃地往鲸经常出没的地方进发。

她绕着海湾游了几圈，我们都没有打扰她。到了第四圈，她淡绿色的下巴前倾，正要浮上水面，奥尼就把小渔船横在那儿，我则把饵舱扔到水中。

海水很清，鲱鱼翻着肚皮往下沉，闪闪发光，就像许多小亮片。鲸只要张开嘴，再往前游一点儿，就能把它们整个捞起。可惜，她只是扭动了一下，就游到一边，避开了那些鲱鱼，再游到100码外浮出水面，喷气。这种实验一次就够了，很明显我们要准备活鲱鱼供她食用。

我和奥尼极不情愿地离开海湾——知道这种好天气不会持续多久，我们实在不想浪费。我们出发去见渔业加工厂经理，在我的要求下，他为我和西南俱乐部的人安排了一次会面。

我有点紧张地走进渔业加工厂，达尼说过，这儿的人不喜欢鲸类爱好者。把奥尼留在小渔船上，我走向办公室，路上遇到几个枪击事件当事人。虽然什么都没说，但他们毫不掩饰对我的敌意。办公室的气氛就完全不一样了，经理对我的到来表示热烈欢迎，并向我介绍了几个西南俱乐部的高级会员。我们开始讨论怎么喂鲸。经理首先提出让他的人建造一艘镂空驳船，把船压低，使船舷与水平面持平，这样就可以把鲱鱼活着运过海沟，到了奥尔德里奇湾再放出来。经理说驳船第二天早上就能造好。

想法倒是不错，问题是怎么才能抓住鲱鱼，将其活着装入驳船。我们正在商议这个问题，西南俱乐部的一个人过来问我，有没有听说几个小时前，斯莫尔伍德省长发表了电台讲话，宣布这头鲸为纽芬兰政府官方财产，政府会尽力拯救她。

我当时在海湾，错过了广播时间，听他提起这个，突然想到昨天收到的一封电报，署名是"'哈蒙'2号上一个友好的船员"。"哈蒙"2号围网渔船隶属纽芬兰政府，用于外港船员培训，现在闲置，就停泊在岛屿西部的科纳·布鲁克（Corner Brook），那个船员觉得或许这艘船可以用来捕鲱鱼。我把电报内容告诉西南俱乐部的人。

"如果斯莫尔伍德说话算话，他是不会拒绝的。要是一切顺利，用不了两天，'哈蒙'2号就能抵达这里，她装备精良，一天就能网100多吨鲱鱼，那奥尔德里奇湾就成了世界上最大的鲱鱼碗，足以载入史册了。"

渔业加工厂经理谨慎地说："可能还是要等一段时间来安排，你知道，政府效率不高。"

"好吧，我们为什么不给赫米蒂奇的不列颠哥伦比亚捕捞船队打个电话呢？他们在沿海地区有十几艘围网渔船，有几艘正好就在附近岛屿，作为权宜之计，在'哈蒙'2号抵达之前，我们可以让他们捐赠几吨活鲱鱼。"

我拿起经理的电话，跟往常一样，还是很难接通。最后终于打通了，接电话的是不列颠哥伦比亚捕捞船队办公室的官员。告诉他我们的需求后，我满怀希望地等了几秒钟——毕竟要给他点儿思考的时间，最后，他说："不好意思！我们无法匀出鲱鱼，我们需要全力以赴才能让公司运转，对于你说的鲸，我非常抱歉……"

我正想骂人，他就把电话挂了。

加工厂经理安慰我："听我说，附近说不定有旧毛鳞鱼围网渔船呢，很容易找到的。我们可以雇一帮人，涨潮时带着手拉网进入通往奥尔德里奇湾的海沟，就在今晚。说不定能网住那里所有的鲱鱼，然后拖着网，穿过海沟，再堵住浅滩入口，这样鲸就可以饱餐一顿了。"

这是唯一可行的办法，我们决定试一试。

# 第十五章　各界反应令人啼笑皆非，救鲸只能靠自己

到家时，我发现克莱尔心烦意乱的，看到我她才松了一口气："感谢上帝！你终于回来了！电话又响了，你去接。"

电话是找鲍勃·布鲁克斯的，他的老板非常不耐烦，命令他必须当晚就离开伯吉奥。

"简直就是个傻子，"挂断电话，布鲁克斯嘟囔着，"他以为我打个的，或者乘加拿大航空的下一班飞机就能回去了？他以为我在哪儿呀？"

这是个好问题，好像大多数给我们打电话的人都觉得伯吉奥就在哈利法克斯郊区，或者波士顿近郊。一档重量级的美国网络秀的制片人打电话告诉克莱尔，其制作团队会坐下一班飞机到伯吉奥，预计明天早上就能到，声音听起来非常不耐烦："告诉莫厄特先生在鲸附近准备好110伏的照明电源，我们还需要两辆载重半吨的卡车和一辆客货两用车，

帮我们把设备从机场运过去。"

克莱尔应付这类电话非常在行，她用最可爱的语调回答道："我们会尽力给你找些汽油灯，非常抱歉，这里没有航线也没有机场，要是你能租一架雪地飞机把你送到加尔湾（Gull Pond），我们会弄一个狗拉雪橇去接你，不过请记得带上雪地靴，万一要用。"

好不容易有点儿空，我们赶紧坐下吃饭，同时翻阅电报，有一封电报是省长发来的。


非常荣幸地通知你，你已经被任命为那头鲸的监护人。你的任命文件在适当的时候会送到。

致以最亲切的问候！

斯莫尔伍德


"这他妈的什么玩意儿？"我感到困惑不解。

"乔伊今天下午接受了加拿大广播公司的采访，"克莱尔解释道，"他说这头鲸在帮纽芬兰免费宣传，宣传费值1000万美元。加拿大通讯社把他们的采访内容打成电报发了一份给你，就在这儿，你自己看吧！"

纽芬兰省圣约翰市：

省长约瑟夫·斯莫尔伍德在立法院宣布，任命法利·莫厄特（Farley Mowat）为鲸的官方监护人，正在考虑为其定做制服。

"关于制服样式，我们还没确定，"斯莫尔伍德先生说，"通常应该穿短褶裙，但我们肯定不能让他穿着短褶裙去喂鲸，那简直是瞎胡闹。"全场哄堂大笑。省长警告大家："在这英国最古老的殖民地，任何人都不能轻视这一伟大传统。"

他提到政府设置了国王财政监护人和国王德行监护人两个职位，接着说："随着本次任命，这一传统也将延伸到纽芬兰。"

"鲸现在也有名字了，"克莱尔说，"你绝对猜不到，叫莫比·乔伊（Moby Joe）！以老乔伊自己的名字命名。"

"要是他发现以他名字命名的这头鲸是母的，很可能还怀着身孕，他就会发现一点儿都不幽默了。"我回答道，"好了，就让他自得其乐吧。重点是，他已经通过官方渠道宣布政府要保护鲸，我马上给他发电报，让他派'哈蒙'2号来。"

那天，想蹭大鲸热度的不只是斯莫尔伍德和大众媒体，还有一个来自蒙特利尔的企业家。他告诉我，要是我能把这头鲸活着运送到1967年的世博会现场，他会付给我10万美金。另一个路易斯安那州的马戏团老板说，要是我能让鲸吃饱，并制成标本，他很乐意买下这头鲸。

加拿大海洋科学界——当然不是所有人——也意识到这是一次绝佳的机会。一个生物学家发来电报，说他太忙，没法亲自过来，让我协助观察并记录鲸，具体内容如下：

> 希望获得你对鲸的观察记录，内容包括：24小时内喷气的间隔时间，一般精确到秒；减缓的喷气频率及其相关活动的关系；详细的喂食记录；速度和转向半径；如何回避障碍物；纯玩耍行为；24小时内观察到多少次排泄行为；……

也不是所有外界的反应都那么荒唐。有一些电报是陌生人发来的，这些人我从没见过，估计以后也不会见到。电报中指出，没想到还有人这么关心另一物种面临的困境，这简直太让人感动了。我本来还怀疑自己成了马戏团的猴子，被人围观，这些观点让我摒弃了那种伤感的想法，同时也减轻了我的内疚感。我一直觉得正是因为我发表的那篇抨击伯吉奥的文章，才助长了新闻媒体的嚣张气焰，他们才会那么犀利地抨击伯吉奥人。

这几天，几乎所有出版社和电台都极力强调步枪手如何残忍地射击鲸，好像所有伯吉奥人都参与了那场血淋淋的屠杀。很多作家和广播员都用一种"反正比你高尚"的口吻强烈谴责那些"野蛮人"的"野蛮行径"。

多年以来，我一直公开赞美那些身处文明边缘的人，他们或住在极地冰屋，或在远洋拖船上劳作，或生活在草原牧场，或在纽芬兰沿海捕鱼。我赞颂他们的质朴和诚实，反对大众舆论对他们的污蔑，总是为其辩护。我本是他们的拥护者，现在竟然因为一头鲸，好像走到他们的对立面，成了污蔑他们的人。

西南俱乐部安排了下午的捕鱼行动，他们打电话告诉我这次行动的参与者包括安德森（Anderson）兄弟（他们个头较矮，拥有伯吉奥唯一的毛鳞鱼渔网）、汉恩兄弟、柯特·邦吉和沃什·平克。汉恩兄弟和安德森兄弟分别乘平底小渔船帮忙拉网。午夜时分高潮位才会到来，但我觉得还是要事先考察一下，柯特也同意，天一黑我们就坐着他的船出发了。

大海就像无边无际的黑色丝绸，一动不动，海里全是鲱鱼，船桨划动一下就搅起一大群。它们从船边四处逃窜，乌黑的水面上突然发出淡淡的橙黄色磷光。有时两群鱼碰到一起，活蹦乱跳，在舷灯的照射下闪闪发光，就像无数玻璃碎片。我用聚光灯照向水底，发现光能照到的地方，到处都是黑压压的鱼群。

像这种令人震撼的生物聚集场面，我只见过一次。1947年，我看到了基韦廷（Keewatin）冰原荒地成千上万头北美驯鹿的大规模迁徙。对于当时的我来说，很难想象什么东西能摧毁这么多的生物，然而还不到十年，整个广袤无垠的北极地区，北美驯鹿就基本绝迹了。

1967年的那个冬夜，我甚至觉得人类再怎么大量捕捞，鲱鱼的数量那么庞大，也不会有太大的影响。可到了1972年，由于大量捕捞，有真知灼见的生物学家预测，到70年代末，整个北大西洋海域的鲱鱼渔业将会彻底终结。

奥尔德里奇湾外的海沟入口处挤满了鲱鱼，作为一个真正的渔民，柯特情不自禁地发出兴奋的叫声："我的天！你看到没？我敢说是个人都可以踩着它们走到岸边，连鞋子都不会弄湿。"

怕惊扰到那些鲱鱼，我们没有进入海沟，而是选择在几码远的开阔海岸登陆；用手电筒照明，翻越滑溜溜的岩石，爬到海沟那里，拿掉汉恩兄弟设置的障碍网。事实上，很明显有人来过了，网的缆绳被割断，就堆在岸边。

我问汉恩兄弟障碍网是谁破坏的，他们说与他们无关。直到后来，我和柯特单独待在厨房，等安德森兄弟把网带过来，我才得到解释。

"看来肖特岬有些人对你堵住海湾这件事很不满，"柯特说，"他们宣称谁都没有权利堵住船的通道，你不行，加拿大皇家骑警队不行，乔伊也不行。"

"可是汉恩兄弟把网拴在那里，谁都可以解开一头，让船通过呀。渔民们应该明白，这不是不让他们进入海湾，而是要把鲱鱼堵在里面。"我抗议道。

"法利，没关系。也可能是因为你竖在那儿的那块牌子，上面说海湾关闭了。我们……他们渔民一辈子习惯了在水上想去哪儿就去哪儿。即使你用锚链堵住海沟，我觉得明天也会有人给它弄断。"

我越想越生气。"简直太愚蠢了！他们肯定明白我们只是要把鲱鱼堵在海湾里，不会太久，可能最多不超过一个月……好了，管他的！堵住海沟，需要堵多久就堵多久！"

柯特那圆圆的脸红扑扑的，没有任何表情，也没作出任何回应。我站起来说："把大家叫起来，出发。已经午夜时分，我们要开始干活了。"

我们的小型船队（三只船）在海沟入口处一字排开，此时月亮已经升起来了。柯特的船沿着岸边慢慢划行，船尾拖着100码长的渔网，人们静静地往里面赶鲱鱼。安德森兄弟乘着小渔船抓着活动的那头，渔网全部撒开之后，汉恩兄弟操纵着另一头，两艘船都向海沟进发。

我和柯特、沃什静静地待在其中一艘船上，看着弧形的渔网慢慢朝岸边移动。突然，水下一声巨响，好像炸了锅一样，一个海浪涌来，船开始剧烈摇晃，我本能地抓住船舷。此时我清楚地听到"嗖"的一声，本来还以为是船的声音，接着就被水淋了一身。我们惊呆了，盯着船尾，看到"守护者"平滑的背在水下流畅地游过，离我们只有一个船身的距离。

柯特首先反应过来："我的上帝！大家伙！离我们真近！希望这家伙的雷达还能用。真是见鬼了，你们觉得那是……"

平时非常冷静的沃什·平克，突然大吼一声打断了他："快看，看那儿！看那些鲱鱼！"

在我们跟海湾入口处之间，离港口50英尺的水里，疯狂逃窜的鲱鱼蜂拥而至，在手电筒的照射下，就像暴风雨过后涌向海岸的海啸。在安德森的船和海岸之间全是鲱鱼，直到渔网的右边才戛然而止。

我跟柯特互相看了对方一眼。

"你不会觉得……"我有点犹豫地说，"你不会觉得他是故意这么做的吧?"

"不管是不是故意，法利，他确实直接把几百桶鲱鱼赶进了海湾。"

后来汉恩兄弟告诉我们，鲱鱼在附近横冲直撞，以至于渔船都摇晃起来。对于这一切，他们深信不疑。

"我们觉得，你们称作'守护者'的那头鲸，在用自己的方式为里面那头做些什么。我和道格拉斯以前就看到过，他像刚才那样冲向海沟，肯定是在努力给她往海湾里赶鲱鱼。"

"守护者"没有再出现，我们的精神也松弛下来。几分钟后，渔网的两头都到浅水区了，四个渔民穿着防水服游到船边，兜着网向海沟入口处游去，他们面前的网里大约有5吨活蹦乱跳的小鱼。

等所有鱼到了海沟入口处，人们开始沿着渔网周围来回蹚水，拍打水面，大喊大叫，用手电筒照翻滚的鱼群。最后鱼群涌入海沟，一会儿工夫，整群鱼就涌入奥尔德里奇湾。

天太黑，看不到海沟以外的情况，但从汹涌的波涛声和鱼鳍拍打水面发出的巨响我们得知，"囚犯"正贪婪地享用我们给她提供的大餐。

第一次捕鱼计划无疑非常成功，第二次运气就没那么好了，渔网挂到海底的礁石上，大部分鲱鱼都跑了。不管怎么样，人们还是设法网到了四五桶鱼，他们决定拖着网兜穿过海沟。

肯尼思·汉恩这样描述当时的情形："刚进入海湾10英尺，我们打开袋子，放出鲱鱼，我抖了抖渔网，探过头想看看里面还有没有，突然听见道格拉斯大喊'小心'，我转过头看到鲸大张着嘴巴，向我冲过来，她的血盆大口有'巴卡利韦'号（Baccalieu）主舱室那么大。像远洋班轮一样，她推水前行，小渔船被海浪高高举起，都快翻了。"

"等我回过神来，她已经走了。过了一小会儿我们也离开了。我觉得她肯定非常聪明，怕一口把我们也吞进去，虽然那里还有点儿鲱鱼，她也没吃。就是这样，我觉得自己简直太幸运了！"

总的来说，那天干得不错。我们至少暂时解决了喂鲸的问题，同时也清楚地认识到海湾里的雌鲸是个大胃王，很想饱餐一顿。

# 第十六章　突降暴风雪，救鲸之路困难重重

　　我很晚才醒，这天像往常一样，吹着西南风，雪落在房子上发出"沙沙"的声音。灰暗的海水掀起波涛，拍打着迎风面的海岬，很明显今天应该没法去看鲸了。对于暴风雪，我的心情比较复杂。一方面，在西南风肆虐期间我们无法出海网鱼；另一方面，鲸就可以享受片刻的安宁，不用担心人类侵入海湾骚扰，只要享用我们赶进海湾的鲱鱼就好了。

　　她可以享受一日的安宁，我们却不行。刚起床十分钟，就有电话打过来了，接下来的时间我们就一直疲于奔命，应付电话的狂轰滥炸。

　　暴风雪太大，很多新闻界人士和摄像师滞留在机场，从哈利法克斯、新斯科舍到纽芬兰的圣约翰，一路都有，他们打电话向我求助。竟然有人认为这场暴风雪、伯吉奥与世隔绝的地理位置，都是跟他过不去！一个电视台记者语

锋犀利地质问我，他一周之内可以跑遍赫尔辛基（Helsinki）、东京和智利，为何竟然到不了本国一个荒凉的小镇？

我有点不耐烦地向他解释，他可以像本地人那样乘坐一周一次从奥克斯·巴斯克港开往伯吉奥的班轮，这条建议让他感觉好受一些，也给了鲍勃·布鲁克斯一个小小的安慰。他现在急于完成关于鲸的独家新闻拍摄，其实今天伯吉奥就有开往西海岸的船，他却不想预订。很明显，现在的媒体人，一旦没了飞机，简直什么都做不了。不过可惜，接下来的一两天，在伯吉奥，我们能看到的唯一会飞的东西，就是飘摇于风暴中的海鸥。

这些新闻人没什么值得同情的。不过后来接到威廉·E.谢维尔博士（Dr. William E. Schevill）的电话，情况就不一样了。他在马萨诸塞州伍兹霍尔（Woods Hole）的海洋研究所工作，是世界著名的鲸类生物学家之一。他听说了鲸的故事，准备立刻到伯吉奥来，问题是怎么来。我建议他联系在纽芬兰东南地区的阿真舍美国海军航空基地——他真是个急性子，当天下午晚些时候，我又接到他的电话，从阿真舍打来的，说自己已经到了纽芬兰，就站在一架水陆两栖海军飞机旁边，一旦天气好转，他就飞过来。

"可能最近几天天气都不会好转，走水路比较保险。"我告诉他，并半开玩笑地说，或许他可以向海军借一艘驱逐舰。

唉！暴风雪太大了，西南海岸的浪太大，不适合靠岸，当地的海军指挥官还是决定不冒险出海。看起来伯吉奥鲸[1]也觉得不适合待在近岸海域。

一大早，"蒙特马利"号（Mont-gomery）驶入伯吉奥躲避暴风雪，该船主要负责灯塔养护和沿海应急救助。她在肖特湾入海口抛锚，停在距奥尔德里奇湾几百码的地方，接下来两天就停在那里，安然无恙。船上有一个海洋学家，他正利用这次难得的机会观察被困的长须鲸。

"蒙特马利"号抛锚后不久，肖特湾入海口来了四头鲸，可能它们也明白，下次不知什么时候才能吃到东西，都在奋力捕食，大群大群的鲱鱼一次又一次被赶往格林希尔岛方向。那个海洋学家说，每次鲸游过，在其掀起的波浪尽头，都能看到一群群小鱼。

中午时分，惊涛骇浪，让人望而生畏。其中的三头鲸一头接一头地游过那艘船，毅然向东南方的开阔水域游去，最后一次看到它们喷气，已经差不多离岸一英里了。

那个海洋学家后来告诉我："我能猜到它们去干什么。气象预报说会有一场大风暴，船长比较纠结，到底是找一个靠岸的避风处躲一下，还是继续出海尽可能多捕些鱼。最后他选择暂时躲避一下。我觉得鲸应该也像我们一样在思考，只不过它们选择远离海岸。这是有道理的，即使像我

---

[1]　此处特指被困在伯吉奥地区奥尔德里奇湾的长须鲸，这是加拿大媒体和国际媒体对困鲸的称呼。——译者

们一样找到好的抛锚点，海啸也会像脱缰的野马一样拖拽着锚，从海底涌起的波涛会让浮在水面的鲸感觉很不舒服。一旦远离陆地，它们就可以避开汹涌的波涛，潜入水中，只是偶尔出来透透气就可以了。潜水艇在暴风雨中往深处下潜，寻找平静的水域，也是同样的道理。"

虽然那三头鲸选择离开，但还有一头选择坚守岗位。这位海洋学家指出，他很少游到奥尔德里奇湾入口四分之一英里以外。

"那肯定就是你们说的'守护者'。有一点我必须告诉你，他可没有玩忽职守，除非雪太大或者晚上，每次我往那边看，都能看到他在喷气。对于其喷气的频率，我觉得很奇怪。当鲸群一起捕食时，一般每十分钟换一次气，而这家伙竟然每隔两三分钟就浮出来一次，在靠近奥尔德里奇湾入口的位置，他一般都会在水面上多待一会儿。我觉得他可能也想穿过海沟，虽然没见他尝试过。"

这个鲸群的其他成员都出海了，只留下"守护者"坚守岗位，雌鲸也安静地待在海湾里。晌午时候，天气还不是特别糟糕，达尼和默多克去巡逻了一趟，竟然发现我们昨晚重新设置的障碍网又被割断了，且被破坏得很严重，都漂起来了。

达尼报告说："看起来鲸比较满足于现状，我们待了差不多半小时，她就向我们游过来，好像认识我们，在欢迎我们似的。有那么一两次，我觉得就像小猫喜欢在人腿上蹭痒痒，她也想蹭一下船，幸亏她没有，要不然肯定会把那艘破船弄个底朝天。"

达尼又说了一点，让我比较担心："还记得刚见她时，她背部光滑，像婴儿屁股似的，现在整个背部有很多肿块，不知道是怎么回事。"

对此，我没多想，只觉得是体重持续下降的原因，这让我更关注食物供给问题了。我们根本不知道障碍网是什么时候被割断的，鲱鱼又跑掉了多少。

到星期四中午，斯莫尔伍德省长还没有对我提出的"哈蒙"2号给出任何回复，我又发了一封紧急电报，要求授权加拿大皇家骑警队保护障碍网，禁止任何船只进入海湾。

省长没有做出任何正面回应，谣言却慢慢传开，大意是"哈蒙"2号已经派出来了，在路上了，连斯莫尔伍德本人都会在周六对受其保护的鲸进行一次官方访问。到了周四晚上，风越来越大，我的问题也越来越多。柯特·邦吉冒着暴风雪蹒跚而来，他绯红色的脸被风吹得火辣辣的。他专门跑来告诉我，汉恩兄弟和安德森兄弟要求马上付工资。

他有点难为情地说："我和沃什可以再等等，其他人却说，乔伊给了你1000美元作为喂鲸的费用，应该把工资给我们。"

"但他只是答应要给，我还没拿到钱呢！"

"我信！但他们不信，他们认为你把钱揣到自己口袋了。"

"他们要多少?"

"呃……他们算了一下,每次捕鱼每人25美元,船费10美元,渔网费20美元。"

"那每次就是200美元!"我抗议道。

柯特点点头。"确实有点高……不过,在伯吉奥,有很多不好的说法。有的说,喂鲸简直是浪费政府的钱,有的说……"他停下来,不想再说了。

"有的说什么?"我严肃地问。

"好了,法利,是这样的。有人说你和西南俱乐部的人只顾着自己。有些人今天喊着杀鲸,明天又嚷着救鲸,他们实在受不了了。另外,大家觉得你们这帮人会把钱全装进自己的口袋。"

"还有吗?"我厉声问道。

柯特紧张得都不知道怎么回答了,他也是个有脾气的人,并且看得出来马上就要爆发了。

"好吧,既然你问的话。有人对于关闭海湾非常不满。他们觉得与其让你断了生路,还不如直接把那头鲸给杀了。你知道的,他们也有自己的权利,如果自己的权利受到侵犯,没人会等闲视之。"

我感受到他语气中的挑衅味道,愣了一下,说:"好了,柯特,非常抱歉。谁都不能践踏别人的权利,你可以告诉他们我会支付报酬的,不过要等钱到位。"

"我跟沃什可以等,甚至可以不要船费……但别人我就不敢保证了。"柯特站起身，扣上厚呢子上衣的扣子，犹豫半天，最后还是拿出一张潮乎乎的纸，放在桌子上，"我觉得你应该还没看到这个……今天贴在渔业加工厂的。"

他说了句"晚安"，就匆忙消失在暴风雪中，留下我自己研究那张油印的宣传单。

### 致伯吉奥的居民

亲爱的邻居们：

大家都知道，过去一周伯吉奥出名了。我镇居民及其代表，每个人都为获取急需物资而努力（提供淡水，修下水道，整顿街道，修路，等等），在这种情况下，外界的关注度就显得尤为重要。

莫比·乔伊就是我们镇最重要的居民之一，将来也一样，我们要尽可能地养活她。得悉伯吉奥有一头鲸，越来越多的人会来这儿参观或做研究。人来得越多，我们镇就会越重要，政府当局就会给我们提供更多急需设施。

你会跟邻居们一起，努力让莫比·乔伊健康地活下来，对吗？最起码请大家不要乘船进入海湾作乐，当然并不是说任何渔民都不准进入海湾，毕竟我们还需要渔船进去运送淡水，这些人也不会打扰鲸鱼。但快艇会惊扰她，甚至让她搁浅，绝对不能进。

作为邻居，我们只能指望大家，也相信大家肯定乐于合作。

　　请务必去看一下你们的鲸。从理查兹谷底穿过去，就会抵达最佳观景点，也不会打扰到莫比·乔伊。

**你最真诚的**

**西南俱乐部**

　　可以预料，看了这份宣传单，大家必定会对西南俱乐部非常反感，而我跟它是一条绳上的蚂蚱。我可不希望这样。可惜伯吉奥所有的家庭都收到了这份宣传单。

　　后来接到一个老朋友的电话，我才松了口气——玛丽·彭尼（Marie Penny），她能力超群，风度翩翩，在拉米亚岛开了一家小渔业公司，也有人亲切地称她为"拉米亚女王"。拉米亚距伯吉奥只有15英里左右。

　　"听说你养了个新宠物，法利？在喂养方面遇到麻烦了？想向乔伊要一艘围网渔船？我刚从收音机上听到这事儿。好了，帅哥，我估计你的鲸到死都见不到'哈蒙'2号。你知道的，政客不可信！好吧，我这里正好有一张渔网，用来捕毛鳞鱼的，当时花了5000美元呢，跟新的一样，很好用，拿来捕鲱鱼绝对没问题。'彭尼幸运'号此时在赫米蒂奇躲避风暴，只要返航，我就把网装好给你送过去。到时候让懂行的人驾着她，估计捕到的鲱鱼能把鲸的肚皮给撑破！不……不用……不用谢，就是注意点，千万别把网给我弄坏了。"

接完玛丽的电话，那天晚上信号就断了。唉，终于可以上床睡觉了！可惜大脑里一直冲突不断，我根本睡不着。躺在床上，闭着眼睛，听着大海呜咽、狂风怒吼，连建在花岗岩上的房子都在晃。我在想，在这狂风肆虐的夜晚，鲸在做什么？被困了那么长时间，她感受如何？

她肯定感到很痛苦，应该还有恐惧。她感到绝望了吗？她想过有一天会彻底逃离这里吗？当她在牢房般的海湾巡游时，是不是也会对那些命中注定要发生的事情感到恐惧呢？她跟"守护者"之间有什么样的无声交流呢？那些两条腿的动物起初要杀死她，怎么现在竟然给她往海湾里赶鲱鱼呢？对于这些，她有什么想法？

没有答案……什么都没有。对我来说，她就是个外星人，反之亦然。陌生人……陌生人……对于彼此来说，我们都是外星人，即使我们这些有着同样血肉和形体的家伙。那些我在伯吉奥的邻居，他们内心深处在想些什么，我真的了解吗？他们了解我吗？鲸的到来给此地带来了什么样的激情？伯吉奥之外的人又了解多少？卷入此荒诞剧的人类演员之间又哪有什么真正的理解与沟通呢？越想这些，我越认识到人们之间太需要互相理解了，我都快受不了了。突然，我觉得，对鲸也好，对我也好，只要鲸能重获自由，就什么都不重要了。我希望她能离开这里，因为她的存在给整个社区蒙上了一层阴影，已严重干扰了大家的生活。

我昏昏沉沉地睡着了，梦到那头鲸，特别真实，她变成一头名副其实的怪物追赶着我，我拼命地逃，结果坠入一个陌生的环境，快淹死了。后来，我就被吓醒了，满头大汗，才知道那只是一场梦。

　　被困的不只是鲸，我们都被困住了。她原来的自然生存模式遭到了破坏，我们也一样。一种可怕而神秘的东西闯入我们封闭的生活，我们这些陆地上的两足动物根本无法完全了解，对此，我们本能的反应就是恐惧、暴力和仇恨。这种发自内心深处的神秘感觉，是一把标尺，彰显出人类对生命多么的无知。这种神秘让人琢磨不透，却是我们在此存在的意义，就像一面镜子，照出我们紊乱的心、丑陋的脸。

# 第十七章　救援迟迟未到，脱困希望渺茫

　　周五，狂风升级为飓风，到了晚上，风速计显示风速高达每小时 80 英里。当天大部分时间只能待在屋里，更不用说去看鲸了，我们被迫分隔两地，她囚在水牢，我困在屋里。

　　一个上午我都在想，到底有什么办法能让她重获自由。中午，我给几个海军朋友打了电话，他们在哈利法克斯工作。我们几个拟定了一个方案，要是能扫清渥太华国防总部那边的障碍，海军方面很乐意派一队蛙人挖开南面海沟底部的岩石，尽可能挖深一些——我们不能冒险使用炸药。

　　三周后，下次涨潮时，就可以在海湾装备好反潜钢丝网，像一张大渔网一样把鲸往浅滩口拉。要是她不配合，就用镇静剂，这样的话她就动不了了。拉也行，推也可以，这样就能通过海沟把她弄出去了。

　　我明白使用药物非常冒险，剂量太大可能会让她失去

意识，进而溺水。我打电话咨询了一个加利福尼亚的鲸类专家，他有给大海豚注射镇静剂的经验。但得知我们的对象是这样一头庞然大物，他惊呆了。

"上帝呀！我们只能靠猜，凭运气。我可以告诉你可能起作用的特定药物，也能给你空运过去，具体用多大剂量，只能靠猜。如果她在那里只能等死的话，那就死马当成活马医，值得一试。"

最后一个电话，我打给杰克·麦克莱兰，告诉他我的想法，请他想办法与国防部门达成合作。他抱怨了几句，最后还是同意尽力一试。

我还给西南俱乐部的一个官员打了电话，问他们能否联合镇议会继续给纽芬兰政府施压，让他们派"哈蒙"2号过来。广播上说，"哈蒙"2号已经派出来了，因为暴风雪又被召回了。气象预报说周六会是个好天气，我有充足的理由相信，她在周六晚间能抵达伯吉奥，可后来证实这只是假情报。西南俱乐部的发言人同意跟议会说说，但听到我接下来要释放鲸的计划，态度明显冷淡起来。

他问："为什么要放了她？她在海湾里待得好好的，要是'哈蒙'2号来了，我们可以给她提供足够多的鲱鱼，吃几个月都没问题。应该把她留在这儿，世界上没有一个地方有一头被驯养的长须鲸。她能为伯吉奥带来那么大的好处，把她放了，简直是犯罪！"

我开始变得谨慎，含糊地说了些无关痛痒的话就把电话挂断了。伯吉奥已经憋了一肚子火，我还是别再火上浇油了。

我努力不去想周围正在发生的事情，集中精力考虑三件最重要的事儿：喂鲸；保护鲸；时机一到，放她自由。

周五午夜时分，斯莫尔伍德省长是否会派"哈蒙"2号来，还是没有任何消息，我都已经开始绝望了。但还是希望周六晚上能再网一次鱼，就像上次那样。到了周日，玛丽·彭尼的毛鳞鱼捕捞船就可以开工了。

至于鲸的保护方面，由于加拿大皇家骑警队巡警还没有接到任何明确指示，我只能自己出马。我决定在海沟入口处露营，这是我能想到的唯一可以确保其安全的方法。

西南俱乐部同意在奥尔德里奇海岸为我搭一个小帐篷，提供一个炉子和一些燃料；要是有科学家到的话，这里也可以作为他们的研究基地。谢维尔还在想办法赶过来，凌晨一点他打电话说，美国海军计划周六中午带他飞往伯吉奥。

我没想到鲸会引起外界那么大的兴趣，真是不胜其烦。连远在得克萨斯和科罗拉多的电台都播出了跟我的通话录音，尽管噪音很大。还有一家瑞士报业集团和一家澳大利亚的杂志，也打电话要我提供更多消息。

周五晚上，暴风雪终于停了，整个世界突然之间都安静下来。周六清晨冰冷冰冷的，气温低至零度，不过天气晴朗。如果飞机装备了橇板和浮筒，就可以飞往伯吉奥。它们会满载科学家、媒体人士，甚至乔伊·斯莫尔伍德自己，从西、北、东三个方向蜂拥而至。

在甘德（Gander），鲍勃·布鲁克斯租了一架飞机准备离开，编辑要求他返航途中拍一些鲸的鸟瞰图。他答应飞机保持在海湾上空 2000 英尺以上，且只飞两三圈，我就同意了。

去奥尔德里奇湾途中，我跟奥尼把他放下，他通过乡村小路走到加尔湾。一路上，我们不得不破开一层薄冰才能继续前行。我突然想到，整个海湾都可能要结冰呢；又转念一想，鲸那么重，有 80 吨，她可以轻松穿过厚厚的咸水冰层，对她来说，这不是马上要面临的危险。

在靠近肖特湾入口处，我们看到至少两头鲸在喷气，很可能是这个鲸群的其他成员从深海区的避难所回来了。正如我们期待的那样，"守护者"还在通常的那个地方巡逻，就在菲什岩和海沟之间。我们已经习惯了他的存在，可能他也习惯了我们的存在吧，双方眼看就要撞上了，奥尼却没有放慢速度，鲸及时转向，才没撞在一起。

奥尼脸上浮现起他那招牌式的笑容："船长，那家伙懂交通规则，左舷的船应该让路。"

"奥尼，可能吧，别太靠前了，打死我都不想游到岸上去。"

我们进去的时候，海湾里没有人，鲸正以逆时针方向转圈，但明显少了点什么。她行动迟缓，不像前几天那么活力四射、动作流畅，喷气时间间隔也越来越短，水柱也很矮，没什么力度。她有气无力地从我们站立的岩石下游过，整个脊椎骨都凸了起来，形成一串节瘤。

还有一件事困扰着我：她黝黑发亮的皮肤下可以看到一排不规则的肿块。奥尼觉得很可能是她在逃避快艇的追捕时，在水下岩石上擦伤的，也可能是她试图穿越海沟时造成的。我对此心存怀疑，但没有更好的解释。那些肿块让我很担心，我们回到小渔船上，划出去凑近观察。船在其航线上漂着，但不用担心她会有意或无意地袭击我们。

第一圈，她稍微改变了点儿方向，从离我们50码的地方游过，接下来就直冲我们而来。在离我们大约100英尺远的地方，开始喷气，这次不只是喷气孔露出水面，而是头高高仰起，探出平静的水面。这种动作以前我们见过几次，不过都离得比较远。她喉咙下面有深深的白色褶皱，长长的下巴是环形的，头跟身体的比例不太协调，这么大的头，身体再长大三倍还差不多，真是典型的长须鲸。接着，她巨大的头颅向我们直冲过来，就像一个活着的移动悬崖。

遇到这种情况，我们本来应该有点儿恐慌的，但事实上，我们一点也不觉得。她转过头，其中一只眼睛正好对着我，就像一个大圆球。她尽量从水中探出头，以便伸到空中看清我们。虽然意图不明，但我知道她肯定没有任何敌意。

接着，她身体前倾，一头扎进水里，脑袋上的凸起露了出来，继而喷气，叫了一声，正好从小渔船下穿过。她长长的身体穿过小渔船只花了几秒钟，跟一列火车通过铁道口花的时间差不多。她从船底游过，很稳，我们都没感到任何动静，只是巨大的背鳍通过时，小船有点晃动。

那是我第三次听到长须鲸的叫声，悠长、低沉、洪亮、悲凉，十分奇特，我从未听过任何生物发出过这样的声音，感觉来自另一个世界。

鲸游过去了，奥尼瘫坐在那里，等他慢慢松弛下来，才转过头，用一种满是期待和疑问的表情看着我，说："那头鲸，她跟我们说话了！我觉得她跟我们说话了！"

我点头表示同意，我一直相信她在努力跨越我们之间的物种界限，跨越遥不可及的两个世界，虽说没成功，也不能说完全失败吧。只要我还活着，那种叫声就会一直萦绕在心头，一直提醒我，生命本身才是地球上的终极奇迹，当然不仅仅指人类。即使有一天她的族群在这污浊的大海上消失，鲸的声音成为绝响，这些回声也会一直回荡在我的心头。

在海湾度过的那个周六的早上简直如田园牧歌一般美妙，没人靠近，也没人打破这种相依为伴的气氛。我和奥尼乘着小渔船漂泊着，都快着迷了，根本没注意到那刺骨的寒冷。鲸在平静的海水中缓慢而庄严地舞动，围着海湾绕一圈就靠近我们一点。不知道她在想什么，不过我有一种类似幸福的感觉。我们一直希望有那么一小群鲱鱼进入海湾，而她则突然打个漩儿去追鱼，但希望渺茫。

快到中午的时候，我决定去渔业加工厂看看是否有关于"哈蒙"2号的进一步消息，以及从拉米亚来的毛鳞鱼捕捞船怎么样了，还想看一下再次网鱼的准备工作做得怎么样了。奥尼刚打开油门，准备启动发动机，突然听到一架飞机发出的轰鸣声。那是一架装备有撬板的塞斯纳飞机，载着布鲁克斯，正穿越奥尔德里奇湾——飞机绕大圈飞行方便他拍照。

我担心地看了看鲸，刚开始飞机在相当高的空中飞了五六圈，她好像还挺镇定的；但后来飞机并没飞走，并且竟然开始下降，越飞越低，在海湾上空300英尺高的空中盘旋。我站起身，对着它挥动拳头，大声咒骂，但没用，飞机根本不理我，继续盘旋着，发动机的轰鸣声在山谷间震耳欲聋。

鲸开始惊慌失措，以最快的速度从海湾中间猛冲向海沟，几乎在最后一刻才猛然回头，冲向东边的浅水区，涌起大片大片的泡沫。奥尼也站起来大喊，我还以为他不会大喊大叫呢。

"她会搁浅的！我的天哪，她会冲上岸的！"他惊慌地大声喊道。

要是我有一把枪，肯定会想办法把飞机给打下来。40分钟后，我都快发狂了，布鲁克斯才觉得照片拍够了，飞机终于飞走，消失在天际。

现在回想起来，也不能苛责鲍勃·布鲁克斯，他只是做了一个媒体人应该做的：拿到自己想要的新闻报道，管他妈的对当地有什么影响！直到抵达渔业加工厂，走进经理办公室，我还气得浑身发抖。他那里也没什么好消息能让我消消气。通过自船至岸上的无线电话，他已经联系了"哈蒙"2号，但打不通，最后终于接通在群岛海湾（Bay of Islands）的另一艘围网渔船，得知"哈蒙"2号还好好地在码头上待着呢，很明显它没有接到任何出航命令。

还没有任何关于斯莫尔伍德省长的消息，不过甘德机场报道说有三架装备有滑雪设备的飞机，满载着新闻媒体人员和摄影工作者，正等待起飞。由于无法确定加尔湾的冰层厚度，才耽搁了他们飞往伯吉奥的行程。

唯一让人高兴的一件事来自拉米亚，毛鳞鱼拖网已经抵达码头，周日就会装船，由"北美驯鹿"号（Caribou Reefer）冷藏船运到伯吉奥。那样的话，就意味着我们要周一才能用，很可能周二才能有所收获，我怕鲸等不了那么久。西南俱乐部的人同意周六晚间再捕一次鱼，不过俱乐部的官员担心没人付钱。我答应他们，有必要的话，我自己承担这笔费用。

我和奥尼再次来到奥尔德里奇湾时，发现平静早就被打破了，10—15艘船载满了好奇的人们停泊在那儿。虽然大部分船停泊在理查兹洞（Richards Hole）附近，或海沟入口处，有一艘大捕捞帆船的螺旋桨还是缠在了障碍网上，在海沟中段抛锚了，那是我们第三次重新布置好的。

这艘船属于一个叫罗丝（Rose）的人，他是个导游，主要负责把内陆的猎人载到伯吉奥猎杀驼鹿，偶尔也捕鱼。有一次他的导游证被注销，还找我帮忙，我帮了他，真没想到他会用这种方式回报我。我对他大吼："外边有个不准任何船只进入海湾的牌子，难道你没看到吗？"他抬头看着我，满脸通红，充满敌意。

"我不识字！"他大喊道。跟他那一代大部分外港人一样，他没机会读书，我竟然把这点给忘了，简直是自取其辱。

"就是认字又能怎么着？"他用挑衅的口吻接着说，"我有权利去水上的任何地方，并正要这么做。"

还好巡逻艇及时出现，把罗丝的船弄了出来，说服他不要到海湾中间去。默多克也没办法，但到了下午，这种方式显然无法解决问题。几艘载满年轻人的船，向我和巡警挑衅，咆哮着冲进海湾。虽然有我们在，他们不敢明目张胆地追，还是很大程度上打扰到了她。鲸试图彻底摆脱他们，却把自己送到了浅滩。

与一大早的宁静相比，下午变得比较紧张、悲惨。现场大部分人显然满足于旁观，而我跟快艇人员的敌对情绪，却像有毒的瘴气一样，弥散在海湾上空，挥之不去。我怕即使巡警在，也管不了他们，真怕周日那样的场景再次上演。

后来，一队参谋部官员乘坐着"蒙特马利"号来看鲸，这种紧张气氛才得以缓解，那个海洋学家就在其中。如我所料，他非常有同情心，告诉我"守护者"还守在外边，只是因为来访的船只太多，他避开了。

由于我必须回梅塞尔组织下次捕鱼行动，达尼和默多克同意一直守在那里，直到那些侵入的船只离开。我也只能希望他们的存在能让那些快艇上的寻欢作乐者们有所顾忌，打消念头。奥尼带着我往家赶，感受到我情绪低落，让我在西门杂货店下船，平静地说："船长，别太往心里去，很多人都不希望鲸受到伤害，他们觉得你做的是对的。最近伯吉奥好像也在随波逐流，人们从沿岸地区蜂拥而至，像大桶里的马鲛鱼一样混杂在一起。有些人确实令人失望，根本不知道自己在做什么。"

那天晚上捕捞鲱鱼的行动最后以失败告终，来自佛罗里达的海豚专家建议我们用灯光来吸引鱼群，以便于捕捞。我从渔业加工厂借了一台直流发电机，到了奥尔德里奇岬，在岸上安装好，配备上两只灯泡，照向海沟入口处。

发电机和灯泡运转良好，不过刚开始在肖特湾网鱼，网竟然勾在海底礁石上挂破了。我登上一艘渔船检查残破的渔网，竟然发现渔网像烂稻草似的，一拉就断。没人能给我一个合理的解释，为什么两天前用的时候还好好的，突然之间就烂成这样了。我问柯特，他拒绝回答，却不敢直视我的眼睛。安德森兄弟觉得我在暗示是他们偷换了这个破网，用充满敌意的眼神看着我。

"根本就不是网的问题，好吗？不是网的错，是用力太猛，把网甩到岩石上了。用网在海底捕鱼，这太滑稽了，都是为了你，我们才冒险的，现在网没了，你说，谁赔？"

安德森兄弟的话让我感到恶心，我让他们滚。其他人依然待在那儿，开着探照灯，希望至少能吸引一些鲱鱼进入海湾。确实有几桶鱼到了海沟入口处，不过他们不愿意游过去，我们很清楚原因。

虽然有强光照射，雌鲸却一点儿都不怕，在海湾里面靠近我们方向的浅滩口附近游来游去。有时她游到浅水区，浮在水面上以防搁浅——很明显她清楚我们在忙活什么，她确实也饿坏了。

直到凌晨两点，我们才接受现实，收拾装备准备回去。我们的努力看起来毫无意义，不过，我还抱有一点希望。或许我们不在的时候，"守护者"能做到我们没做到的事情，就让海沟入口敞开着吧。

这真是一个让人心焦的日子，显得特别漫长！本来还指望有援军到来，能给我点儿心理安慰。谢维尔及其队员没有任何要到来的迹象，美国海军认为现在的天气状况不适合飞行，太危险了。我疲惫地爬上楼梯，走进厨房，发现克莱尔坐在桌旁，桌上堆着一大摞信。就在下午，因天气原因，延误了好长时间的"巴卡利韦"号终于抵达伯吉奥，克莱尔走到邮局抱回一大包信。

信太多了，来自整个北美，简直堆积如山，我太累了，看都不想看。很多信里面装有小额支票，有些甚至装着硬币，还有各种各样的人送给鲸的礼物，他们有正在读书的学生、芝加哥汽车厂经理、卡尔加里（Calgary）仓库管理员、纽约的电台 DJ，还有拉布拉多城的一个家庭主妇。内容则大同小异，有的辞藻华丽，请求我拯救那头鲸，放她自由；

有的则比较伤感，说些有的没的。重要的是这些分散在世界各地的形形色色的人都受同一种情绪感染，那就是对被困的奇特大型生物的怜悯之情——她目前被困在纽芬兰偏僻沿海的一个小海湾里，只能不停地绕圈儿。

看到他们的信，我内心的希望再次点燃。

# 第十八章　巨鲸搁浅

周日一大早，谢维尔从阿真舍打来电话，说尽管天气还说不准，他跟另外三个"鲸鱼观察者"将立刻乘一架两栖远程轰炸机前来，想知道伯吉奥的着陆条件如何。

"好极了！告诉飞行员在海图上找到肖特湾，可以在渔业加工厂的码头降落。"

"鲸怎么样？"

"今天还没看到。昨晚没能喂她，她现在变得瘦骨嶙峋、行动笨拙。"

"希望她能撑过去吧！我们很快就到，到时候就能帮你一把了。"

即将到来的专业支持让我兴奋起来，不再无精打采、闷闷不乐，一副半死不活的样子。我狼吞虎咽地吃了早饭，连今天是克莱尔的生日都忘了。不久，我们就听到从东边传来的轰鸣声。我跑出门廊，兴奋地看着一架远程轰炸机在伯吉奥上空缓慢移动，最后开始在村子上空盘旋，转了一圈又一圈……

"他们他妈的为什么不着陆呢?"我非常不耐烦地吼道。

话音刚落，飞机就俯冲下来，开始慢慢往肖特湾方向降落，横在中间的小山挡住了我们的视线，我直接冲向奥尼家让他准备开船。还没到呢，就听到发动机全速上升的轰鸣声。它又出现了，然而竟然是在费力地爬上阴霾的高空。

我难以置信地看着它开往西北方的内陆荒漠，最终消失不见。意识到它再也不会回来了，我走进厨房，闷闷不乐地倒了杯茶，听着航海无线电台播放的气象预报：下午半晌时分，强劲的西北风会增大到风速40海里每小时，浓雾，有雪，能见度几乎为零……气象预报不说我也明白，这意味着接下来的两三天都会有暴风雪，任何航班都无法抵达伯吉奥。

几小时后，谢维尔从斯蒂芬维尔（Stephenville）打来电话，那是美国"租借的"一个空军战略基地，在纽芬兰西海岸。据说海军飞行员最后关头改变了主意，拒绝降落，他怕天气太差，被困在伯吉奥。不愿冒这个险，就只好飞回在斯蒂芬维尔的安乐窝。跟我一样，谢维尔感到非常失望，不过比我要乐观一些。

"别介意！我想我能说服空军用直升机送我过去，大约中午就能到。"

天知道怎么回事，我们苦苦等待，直升机还是没来，却等来了一架装有滑雪设备的海狸型飞机，它靠撬板在加尔湾着陆。几天后，我们才知道它带来了一个电视制作团队，他们发现必须从着陆点一路步行穿越整个地区，就返航了——一头鲸还不值得他们花那么大代价。

下午早些时候，跟往常一样刮起了西南风，我和奥尼觉得应该不会有人来了，就迎着灰蒙蒙的暴风雪，向奥尔德里奇湾驶去。

那天乌云密布、狂风怒吼，海面寒冷幽暗，连理查兹岬的顶峰都看不见了，真的不适合出门。风雪模糊了视线，连附近非常熟悉的岩礁和岛屿都看不清了。太冷了，肖特湾入海口处，破碎的冰块开始汇集，这给我们提了个醒——不能在海湾久留。

我们在海沟中颠簸前行，能见度很低，根本没注意到那里还有别的东西，差点正面撞上一头鲸。鲸就堵在海沟深处，游动不了，更别提潜入水中了。接着，我突然看到一个黝黑发亮的巨大头颅冲过来，离我们只有20英尺远。听到我的惊呼，奥尼拼命转舵，关闭发动机。鲸也突然转弯，当然是往反方向。速度太快，激起的波涛使渔船突然倾斜，暴风雪又一次模糊了视线，什么都看不清，然后，鲸就不见了。

西南风推波助澜，一阵更高的海浪袭来，一个大胆的想法突然扑入我的脑海：她逃跑了！

我大声欢呼，冲奥尼大喊："开船！"

"我觉得那是她！我觉得她跑出去了！奥尼，快去海湾！快，兄弟，快点！"

那艘旧大西洋渔船又启动了，在风和海潮的推动下，就算不开发动机，也开得飞快。海沟里的水位很高，比我以往见过的都要高；船穿过海沟，进入海湾。那儿没有任何鲸的踪迹，现在我几乎能够肯定她成功逃跑了。

"绕海湾一圈！"我对奥尼大喊。

按我说的，奥尼开始转舵，在疾风中沿着海湾绕圈。我站在船头四处眺望，茫然地意识到最初的兴奋在逐渐消散，一种令人心痛的焦虑逐渐滋长。但我还没来得及思考这些，就看见了她。

她在水面上慢慢游动，大半个身体都能看到，很容易被误认为是古代海图上的巨型海怪。随风飘扬的雪花让我们看不清她的轮廓，这种迷幻感更强了。

我不知道怎么描述或解释我的反应，意识到她还被囚禁在那里，我一点儿也不失望，反而很兴奋，一种类似于喜悦的东西在滋长。对此，我能给出的唯一解释就是，如果没有我的帮助她就能自己逃脱的话，那我尝试解救她的举动就是一个笑话；或者说，我需要她在海湾里待着，来为我的行为和态度辩护，特别是针对那些折磨她的人。我已经沦落到要靠她的存在来证明自己价值的地步了吗？难道我比她需要我更需要她？对于这些问题我没有答案，也不想寻找答案。

她在水面待的时间有点太长了，奥尼怕在暴风雪中找不到她的踪迹，让渔船紧挨着她航行。我简直被吓到了，才一天时间，她竟然变化那么大！背部变得更尖，成了奇怪的倒 V 字形，皮肤下令人费解的肿块也越来越大了。她的身上已经没有那种超自然的活力——那种活力让每个看到她的人都被感染，包括那些一心要置她于死地的家伙。现在，她更像一坨巨大的漂浮物，而非活物。

她好像并不知道我们离得那么近，喷气时，水柱又细又小，刚喷出来就散掉了；从水柱中散发出一股呛鼻的恶臭。这是一种迹象，一个征兆。

她又开始叫了，很慢很慢，好像很费劲，还有点不太情愿。暴风雪在海面肆虐，连鳍激起的漩涡都看不到了。

暴风雪越来越大，我们不能再陪她了。我拉了拉派克大衣，把脸缩在里面，乘船穿过海沟到了海湾外边。暴风雪更大了，"守护者"也不见了，此前我们在海沟入口处遇到的肯定是他。我们在冰雪中颠簸前行，与此同时我在思考与他的那次相遇。他离陆地那么近，在这么危险的有限水域，又是一处避风海岸，我早就应该想到，所有这些都预示着什么。不过我还是选择相信，他只是单纯地努力想把鲱鱼赶进海湾。可能这也是他一直努力在做的，不过现在我怀疑他有其他更充分的理由去冒险。

在那个暴风雪之夜，我给克莱尔举办了一个小小的生日派对，很明显我们都心不在焉。斯莫尔伍德省长发来的一则消息也姗姗来迟，不过毕竟到了。他有点傲慢地告诉我，虽然长须鲸可以依靠其鲸脂活上六个月，他还是决定派一个叫汉森（Hansen）的船长飞过来，向我们展示如何利用探照灯把鲱鱼引入海湾。他虽然没明说，但很明显，我们是等不到"哈蒙"2号了。

谢维尔及专家团什么时候到，会不会到，没人知道。有消息称鲱鱼已经开始大批迁徙，比往年要早，它们要离开西南沿海了。

巡视完海湾，我有一种不祥的预感，虽然在给克莱尔庆祝生日——她的生日来得有些不合时宜，这种感觉一直萦绕不散。电话一个接一个，都是询问伯吉奥鲸的，最后我实在受不了，就拔掉电话线，上床睡觉了。

第二天早上睡醒的时候，竟然都十点多了。睡意蒙眬中，我还在想，今天早上贝尔先生[1]的梦魇怎么没蛮横地把我从床上拖起来呢？这时我突然想起，电话线被我拔掉了。天太冷了，实在不想起，我趿拉着鞋穿过冰冷的厨房，无意间瞄了眼风力表的刻度盘，风向变了，变成东北风了。插上电话线，还没来得及点着炉子，铃声就响了，是一个渔民从斯莫尔斯岛打来的，我曾经帮过他一个小忙。

"莫厄特船长？请问是你吗？我给你打了几个小时的电

---

[1] 亚历山大·格拉汉姆·贝尔发明了世界上第一个可用的电话机，此处的贝尔先生指的是挂在墙上的电话机。——译者

话了。凌晨时分风向变了，风也没那么大了，我们出海到哈哈湾想看看设备有没有被暴风吹走，竟然发现鲸鱼搁浅了，就在浅滩口那里，流了很多血，好像是被鱼叉之类的东西扎的。"

我内心非常恐惧，比东北风带来的北极严寒还要恐惧。我跑到窗户那边向外看了一眼，明白没有船能在这样的海面上冒险航行。我疯了般给柯特·邦吉打电话，他真是个好人，竟然同意试一下，看他那装了防护板的摩托艇能否开进奥尔德里奇湾。

港口的水域白茫茫一片，但柯特没有放弃，全速开船，我觉得船都快散架了。他奋力转动舵，我听到他大喊了几句什么，把我从恐惧中惊醒，变得更加气愤。

"一点都不奇怪……有消息传来……他们有人要让她搁浅……很可能是今天早上……风向转变的时候干的……"

我都快气疯了，柯特刚把船头靠在肖特湾岸边，我就迫不及待地跳上被潮水冲刷得滑溜溜的岩石，结果摔了个底朝天。我踉跄着爬起来，不顾一切跑过山脊。翻过山顶，终于看到她了，就在我正下方躺着，巨大的白色下巴靠在岸上。谢天谢地，她搁浅的地方一直到海岸线水都比较深，其庞大的身体大部分还浮在水面上。

我顺着斜坡向她滑去，突然闻到一股恶臭，跟前一天她在奥尼船边喷气时的味道一样。我还看到，在她的头靠着的海滩上，白花花的都是未完全消化的死鲱鱼。我对此视而不见，满脑子想的都是怎么在落潮前让她离开海滩，要不然她会死在这儿的。

对于接下来几分钟发生的事情，我记不太清了，柯特就在我旁边踱来踱去，他都看见了，记得很清楚。

"我翻过山顶时，你已经在海滩上了，还没看到你，就听到你在大吼大叫。"

"'离开这儿，你个疯子！'你大声喊。"

"接下来我就看到你用拳头猛捶她的头部，就像一个醉汉想徒手拖动一艘船——在我看来她就像一艘船，船头靠在岸上。"

柯特被我弄得目瞪口呆、惊慌失措，呆立在山脊上。我对她大吼大叫，又是责备，又是咒骂，命令她抬起身体。终于，我绝望了，用背顶着一块花岗岩，脚抵着她那橡胶般坚硬的大嘴巴，试图强行把她推开。

太疯狂了，160磅的人类血肉之躯竟然试图推动一头80吨重的庞然大物。可明知如此，我还是又推、又踢、又吼，很可能还沮丧地哭过。

后来，微不可察地，她动了！我看到她那像小船一样大的胸鳍开始划动，闪闪发亮，就像手掐着腰一般，极其缓慢地，倒退着离开海岸，继而转过身，开始在海湾中间游弋。

柯特踉跄着跑下山坡，跟我站在一起。

"你做到了，真的，你救了她！"他大喊道。

透过那遮蔽双眼的迷雾，我清楚地看到了事情的真相。她不是无意中搁浅的，也不是人们恶意让她搁浅的，她是故意靠岸的，因为病得太重已经无法浮在水中。我以前误读了各种迹象，但这次没有。她的头刚才待过的浅水区有呕吐物，还有那股恶臭。我记起来了，记得非常清楚，1943年在意大利的西西里（Sicily），那些生蛆的士兵尸体上发出的就是这种令人作呕的恶臭。

还有其他证据。她慢慢游离我们时，其身后水中会有一条条黑色的痕迹，这是从其皮肤下的巨大肿块中流出来的。看到其中一个流出黑色的污血，我意识到那些肿块里都是脓和细菌，有的破了，脏东西就流到冰冷的海水中。

鲸继续在海湾里游动，我目瞪口呆地看着，感觉有点恶心。她没潜水，我甚至怀疑她还有没有力气潜水。她几乎是漂着，到了对岸，又把巨大的头颅靠在岩石上。

"我的天，她又搁浅了！"柯特担心地喊道。

我没精打采地回答："不，柯特，她病了，病得太厉害，游不动了，要是待在深水区，她会沉下去，淹死的。"

柯特对此无法理解。对他来说，生活在海洋中的生物会被淹死，简直太令人难以置信了。他困惑地摇了摇头。

幻想突然破灭，我的大脑一片混乱。几百颗子弹打在她身上，我怎么会盲目地相信没对她造成实质性伤害呢？坦率地说，我怎么会觉得这个庞然大物会对微生物免疫，伤口不会感染呢？不管怎样，这些都已经发生，现在我还能做点什么？除了在这里自怨自艾，难道做什么都晚了？

我的大脑一片空白，不知道该怎么办。我特别想给谢维尔或者了解鲸类病理学知识的什么人打个电话，聊一聊，问一下，对一头生病的鲸能做什么，怎么做？另外，虽然我现在认识到她不是被人攻击才搁浅的，还是非常害怕，她的敌人很快会得到消息——她搁浅了，易于攻击，那他们就会觉得是时候把她给灭掉了。伯吉奥现在到处充斥着怀疑、愤怒和恶意，大家都深陷其中，包括我。我实在不敢把她单独留在那儿，没人守护。

幸好，巡逻艇奋力穿过肖特湾，在此时抵达海沟入口处，问题得以解决。达尼·格林和默多克听到谣言——鲸又被袭击了，就冒险赶到海湾。看到我们，他们随即抛锚，将汽艇停到岸边，跟我们在山脊处会合。我向他们解释了当前的状况。越过浅灰色的水面，默多克用望远镜望着那个大家伙，她远远地待在对岸，一动不动。我说完了，他也放下望远镜，转向我。从脸上可以看出他的感受——看到她就觉得恶心，又恶心又愤怒。

"我们还是没得到官方禁止人们来这儿的命令，"他简短地说，"不过不管有没有接到命令……只要我们在这里，就没有船能再靠近她！"

我对他表示感谢，转过身就要走，这时我第四次听到长须鲸的叫声，也是最后一次。还是那种神秘的声音，压抑、空洞，好像一种低沉的颤音，从遥远的地方传来；从海里，从周围的岩石里，抑或从空中，从理查兹岬的悬崖间，从狂风的呜咽声中传来。

这是我生平听过的最孤寂的呐喊。

# 第十九章　哀伤地沉入水中

返回梅塞尔途中，我去了趟菲尔比湾，顺便到邮局去拿另一包邮件，里面满满都是对鲸的美好祝愿。背着沉重的邮包，我匆忙赶回跟奥尼会合，竟然遇到一个我刚到伯吉奥就认识的人。几天前，他还表达过对鲸的怜悯之情，还说对我们拯救鲸的举动深表同情，我很尊重他。我热情地迎上去，他却故意往我脚边吐了口痰。

"马特，你干吗?"我感到莫名其妙。

"就是你们这种人，远道而来的陌生人，总是说当地人的坏话，给我们带来前所未有的麻烦。"

他个头很高，声音又大，我还认为他要打我呢，禁不住往后退了几步。不过他并没有诉诸武力，语言就够了。

"你和你那该死的鲸! 现在好了，她要死了! 你也一样，在伯吉奥，你完蛋了! 我告诉你，这是真的!"他突然转身，大步走开。

我被这一突发事件弄得莫名其妙。待到码头，渔船就停在那儿，又碰到两个不速之客——医生夫妇，奥尼正跟他们说话。看到我过来，他们抬起头。

那个男医生问："奥尼告诉我们鲸病了，听起来像是败血症，有什么可以帮忙的吗？"我简直惊呆了，这对夫妇以前公开宣称要杀死鲸，现在竟然像马特一样来了个180度大转弯，却是往好的方向，那语气满是关心和友好。我他妈的都被搞糊涂了，那些我本来认为是盟友的家伙现在却强烈谴责我，而本来被我视为仇敌的家伙却要给我提供帮助……不过在这个节骨眼上，只要是帮助，我都接受，管他妈的是谁呢。

"还真可能需要你们帮忙。给鲸打抗生素怎么样？有没有可能？你们能打吗？"

他的妻子性子比较急，抢着回答道："我们可以试试，不过问题是医院里没有那么大剂量的抗生素，毕竟她那么大个儿。要是你能从别的地方弄来药物，我们应该可以负责注射。"

我感激地点点头："好的，我看一下能做什么。"

回家二十分钟后，我写了一份新闻稿，我的情绪在这片文章中得到完全的释放，其中充斥着难以控制的愤怒。一开头，我写道，因为伯吉奥人给她带来的伤口感染，这头鲸很可能快死了。接下来的部分，我非常痛心地描绘了这个庞然大物所经受的痛苦，这种痛苦可能从伤口发炎那天起就开始了。最后，我请求帮助，希望有人能捐助足量的抗生素和注射设备，并呼吁，我们应该做些什么，来弥补那些让困鲸饱受摧残的人们的残暴行径。

发出之前，我让克莱尔读了一遍，她吓坏了。

"法利，你不能寄出去！这……这太恶毒了！跟他们对鲸做的事情同样恶毒！求你了，千万别寄出去！"这封信最终没有寄出去。

那天晚上七点，我终于打通了加拿大通讯社的电话，尽可能平静地讲述了我的故事。他们立刻在加拿大各大电台播出，并转发给了国际电台，在多伦多总部的通讯社社长为此亲自录制了一期节目，对我进行采访。我讲完后他对我表示感谢，说："现在莫比·乔伊已成为席卷大陆的头版新闻，这个故事掀起了一场轩然大波，简直太疯狂了，人们对你的鲸比对越南战争[1]还关注。法利，我希望你明白自己在干什么。"

我不知道他最后说的那句是什么意思，也没问。事实上，我根本不确定自己在做什么，或者说做过什么，幸好，我根本没空想这些。不到一个小时，加拿大广播公司就播放了一则特别公告：

　　今晚，莫比·乔伊的监护人法利·莫厄特说，这头

---

[1] "二战"后，美国等资本主义阵营国家支持的越南共和国（南越）和苏联等社会主义阵营国家支持的越南民主共和国（北越）之间的战争，从1955年11月1日持续至1975年4月30日。——译者

被困的伯吉奥鲸背部的伤口出现大面积感染，他呼吁民众大量捐赠抗生素。他还说，鲸病得非常严重，如果有足量的抗生素，伯吉奥医院一对医生夫妇自愿给她注射。每剂需要一百六十克盐酸四环素，至少需要八剂，还要一个三品脱规格的大型注射器和一个三英尺长的不锈钢注射用针头……

公告一播出，几乎马上就有了回应，一家蒙特利尔的制药厂打电话来，说他们租了一架飞机，黎明时分，八百克抗生素会从圣约翰运到我们这里；如果天气允许的话，另外一批会直接从蒙特利尔空运到甘德。另一则消息说，只有布朗克斯（Bronx）动物园和温哥华水族馆才有合适的注射器，他们已经要求两家机构把注射器空运到甘德；第二天一早，会租另一架飞机将其送到伯吉奥。

谢维尔还被困在斯蒂芬维尔，一听到公告，就开始打电话。他花了几个小时打电话向专家咨询鲸的治疗方案，甚至把电话打到了波多黎各，又安排从美国运送药物之事宜，之后，才打电话告诉我："气象预报说，明天会是个好天气，早上我们就坐飞机过去，这次肯定到！"

一个圣约翰的兽医发电报说他会自费飞到伯吉奥来帮我们。十几个、几十个电报或电话通过南部海岸通讯网，提供建议、鼓励和金钱。到了午夜时分，外界的反响越来越强烈，可怜的赫米蒂奇接线员很乐意帮忙，可她实在应付不了这波电话轰炸，我们就安排了一个在圣约翰的朋友过去帮忙。

对电台诉求的即时反应，虽然难以置信，可还是给我带来了奇怪的影响。今天早些时候的愤怒和悲痛被极度兴奋所淹没、冲散。电话一直响个不停，收音机也一直在播出社会各界对我们诉求的反应。这些对我来说都像兴奋剂一样，让我觉得自己好像能创造奇迹，对于可以拯救那头鲸，现在我深信不疑。在那个长长的寒冷冬夜，世界对伯吉奥的极度关注，让大家盲目乐观。

快到午夜的时候，一个西南俱乐部的人非常高兴地打来电话："你在听收音机吗？简直不可思议！这个破旧的小镇真的举世闻名了！这样的情况要是再持续几周，乔伊就会直接给我们把公路修通了。感谢那头鲸，她真是救世主！莫比·乔伊肯定会把伯吉奥带入现代化！"

他停了一下，接着说，声音里有一种特别的期待："她会挺过去的，对吧？"

"她病了，越来越严重。"我回答道，"听着，明天一大早，至少有五架包机要送药品和专家来，我得守着电话，抽不开身。天一亮，你能派人去奥尔德里奇湾，守在那里吗？加拿大皇家骑警队的巡警不可能一直待在那里，我对那些伤害她的杂种不放心。请个什么人给我打电话，早点告诉我她的情况。"

"没问题，法利。这事儿简单，我自己去。这个当口，她可不能再出事了!"

又是一个不眠之夜。白天的极度愤懑,夜晚的极度兴奋,让我的精神持续高度紧张,想躺下睡几分钟都做不到。厨房的炉火一直烧着,我不停地喝茶,等待黎明的来临。

东边的岛屿开始披上一层淡绿色的曙光,我走出房门。一点风都没有,天越来越亮,今天万里无云。往日浓雾总是潜伏在离岸几英里远的地方,随时可能席卷陆地,把伯吉奥整个笼罩,今天却只是在远处地平线上留下一条模糊的黑线。在整个西南沿海地区,今天都是一个特别适合飞行的日子。

我回屋的时候,克莱尔也起来了,正在做早餐。吃饭时她几乎没说话,时不时担心地看我一眼。最后,她说:"为什么不躺下休息会儿呢?飞机要飞到这儿还有几个小时呢,你需要休息。现在你不再是孤军奋战,你要明白,会有各种各样的专家照顾她的。"

丰盛的早餐,斜射进厨房的温暖阳光,再加上克莱尔的话,让我终于放松下来,以至差点无法从餐桌旁站起来。最艰难的时刻已经过去。我觉得自己就像一个士兵,长期独自坚守阵地,突然听到远方传来一声大喊:"警报解除!"

刚躺到床上,我就睡着了,连梦都没做一个。不一会儿,刺耳的电话铃突然响起,我立马从床上弹了起来。克莱尔去接了电话。过了一会儿,她走到床边,语气生硬、冰冷:"还是你跟他们说吧。渔业加工厂的人打来的,鲸不见了，他们到处都找了，就是找不到她。"

我记得接电话的时候，正好是九点十分，当时我下意识地瞥了眼厨房里的挂钟，想看一下第一架飞机还要多久才能到。

"法利，我刚从奥尔德里奇湾回来，天刚亮我们就到那儿了，找了两个小时，到处都找遍了，就是找不到。她不在那里。肯定是昨晚跑了。她从海湾里跑出去了，伙计，她肯定跑了！"

"不见了？"我愚蠢地重复着。

接下来，我就明白过来，并且百分百确定。

"跑了？……没跑，她死了！"

给我打电话的那个人，是西南俱乐部的官员、镇议会议员，他很快就明白了我的意思。很可能在搜寻鲸的时候他就已经这样想了，不管怎样，从他的声音里我没听出任何惊慌。

"我的天，她不能死呀！肯定是逃跑了！要是报纸和电台得知她死在这儿了，我们要赔上许多钱，他们会杀了我们的！"

鲸没了、死了……这些字眼在我脑海里不停闪现。内心仇恨的火焰被彻底点燃，我变得异常无礼、残酷。

"对于这一点你说得对。你说得对极了！他们会杀了你们……就像伯吉奥人杀死那头鲸一样。你不觉得这很公平吗？"

他用恳求的语气说:"难道我们就不能保持沉默吗?要是死了的话,那么冷的天,也要好几天才会浮上来。我们就不能说她跑了?到时候再浮上来,整件事就没那么多人关注了……你在这里待了五年了,这也是你的家乡。"

"不,"我说,"这不是我的家乡了,我猜可能从来都不是。"

他还在劝我,我已经把电话挂了。我给赫米蒂奇方面打了个电话,像往常一样,等了一会儿,接线员才帮我接通一个报社记者的电话,他现在成了鲸在外界的非官方代言人。我请他联系所有准备赶往伯吉奥的人——他们有的正准备登机,有的已经在飞机上了。

"告诉他们,一切都结束了。"我说,"非常抱歉,他们可以打道回府了。"

"法利……你确定她已经死了?"

"我确定。根本不可能逃走,昨晚她病得都无法浮在水面上了。"接着,我控制不住内心的苦楚,竟然开始猛烈抨击这位好友,"她死了,听到没!天哪,难道要我把你的脸在她那臭烘烘的尸体上蹭一下,你才会信吗?"

他脾气真好,竟然原谅了我的无礼和冒犯。

有了新世界技术魔盒的帮助,消息很快传开了。我刚要穿上派克大衣,加拿大广播公司的音乐节目突然中断,插播了一则公告:被困在伯吉奥的鲸,莫比·乔伊,不见了,据推测,她已经死了。

在外港，消息也传得很快，电台里的公告还没播完，厨房门就被推开，奥尼静静地走了进来。

"我本来还想说，你可能要用船。"他轻声说，"如果你准备好了，她随时待命。"

小船往东行驶，我们看到伯吉奥的房子，颜色明亮，零零散散的，一眼望不到头；岛屿星罗棋布，被冰层覆盖；小溪里的水闪闪发光。今天早上的景色特别美。我用一种陌生人的视角看着这一切，好像多年未见似的。

进入肖特湾的时候，我们遇到一艘开往渔场的延绳围网渔船，站在驾驶室的三个人我都认识，他们没跟我打招呼，我也没有。

靠近海沟入口处的地方起了雾，一会儿就散了，我们看到"守护者"长长的脊背在水下一闪而过，他的存在也证实了困鲸没有逃跑，至少从肉体层面来说是这样。他潜入水中好久才浮出水面，一动不动，我坚信他在听……可惜再也听不到了。

我们进入海湾时，加拿大皇家骑警队的巡逻艇就在那里，我们一起在水中搜寻。水面平静无波，清澈透明，一眼可以看到24英尺深的水底，再深就看不到了，那里漆黑一片，我们无法看透她那神秘的栖息之地。

真搞不懂她为什么不把头靠在岸边死去呢？我只能猜测，在其垂死之际，疲惫的大脑深处的某种东西让她要回到海洋深处，投进昏暗的海洋母亲的古老怀抱。

最后，我们放弃了这种注定徒劳的搜索，巡逻艇和渔船平静地在海湾中部游弋。

"你觉得有没有哪怕一点可能，她逃跑了？"默多克巡警问。

我明白他这样问，只是出于天真和奢望，本来想给他一个尖刻的回答，后来忍住了，只是摇了摇头。达尼回答道："别傻了！她就在我们身下54英尺深的水中躺着呢，三四天后，就会腐烂，浮上水面，那些寻欢作乐者又有吹嘘的本钱了！人们看到这重达80吨的腐烂鲸鱼，就会想到他们的英勇事迹。"

然后，达尼转向我，他那精瘦的苦瓜脸，跟往常一样，面无表情。他随之开口，我竟然没听出那种他惯有的不屑语气。

"真搞不懂到底谁才最蠢……那些家伙？枪击事件？还是你？法利，我的孩子，在我看来，你没帮到那头鲸，也没帮到伯吉奥，更没给自己带来任何好处。"他紧紧盯着我，我什么都没讲。他摇了摇头说："算了，让一切都见鬼去吧！"

# 第二十章　记忆中最孤独的一天

乔伊带头追悼不幸死亡的长须鲸——莫比·乔伊

致纽芬兰圣约翰的居民：

莫比·乔伊死了，议院今天宣布了这一噩耗。

今天早些时候，在伯吉奥渔村南部沿海附近的一个海湾，被困的长须鲸消失了，我们有理由相信她已经死了，沉入海底。

在例会开始时，作为80吨重的庞然大物的赞助人，省长约瑟夫·斯莫尔伍德起立宣布了这一消息。

他说："我相信听到这个消息，所有纽芬兰人、加拿大人，甚至整个北美洲人都会感到非常遗憾。"

今天，拯救鲸的战斗最终以失败告终，10天前她因枪击事件而受伤，专家们相信她死于伤口发炎。据推测，她是晚上死的，现在已沉入54英尺深的水中。

2月8日，周三，伯吉奥冬季惯有的天气模式再次开启。一大早，就吹起了东南风，乌云压得很低，黑黢黢的岛屿几乎都看不见了。在梅塞尔湾，房屋依旧错落有致，寒风凛冽，雪花飞舞，寒风裹着雪花像鞭子一样抽打在房子上，世界一片宁静。突然，暴风雪停了，只有风还在柔和地吹着，在阳光苍白的照射下，吹着这洁净的世界。克莱尔在日记中写道：

　　今天阳光明媚，天气很好，但我们都很伤心。伯吉奥看上去漂亮极了，不过我根本不在乎。我们坐在一起，听着收音机，我情不自禁地想，鲸又没伤害他们，那些人围着海湾，用枪射击这头庞然大物，他们到底是一种什么样的野蛮心态？他们才是畜生，鲸不是！

　　现在一切都结束了，我和法利独自待在家里。要是继续住在这里，就不得不面对这令人沮丧的现实生活……

　　那天天气很好，但也是我记忆中最孤独的一天。我没见到任何伯吉奥人，也没人打电话给我，甚至最近的邻居都没有在我们房子周围的新雪上留下任何足迹。往常放学后，孩子们经常跑到我们家，坐在厨房里，今天也没来。我觉得好像生活在一个死气沉沉的孤岛，被困在一块冰冷的岩石上。电话听筒里依稀传来陌生人尖细的声音，就是见不到人，这好像是我们跟人类世界唯一的接触了。现在鲸死了，相信过不了多久，这些声音也会归于沉寂。

这种身处地狱般的压抑感，简直让我难以忍受。下午晚些时候，天暗了下来，我带着水狗艾伯特去散步，故意沿着起伏不平的小路向东走，这条路通往伯吉奥最热闹的街区。路上遇到几个人，出于礼貌，我们互相打着招呼。从这些人身上，我得不到任何慰藉，他们肯定也在压抑自己内心真正的想法。有一群青年男女，渔业加工厂的员工，结束了一天的工作，准备回家，经过他们时，我的这一猜测得到了证实。

他们散开，让我过去，走了几码远，才开始说话。我模糊地听到女孩们在小声地说：

莫比·乔伊死了，不见了……
法利·莫厄特待不长了……

我和艾伯特掉头向梅塞尔岬（Messers Head）进发。几周前，在那孤零零的崖顶，我还看过长须鲸一家捕鱼呢。

天太黑，什么都看不清，只有伊克利普斯岛上那座古老的石头灯塔依稀可见。差不多两个世纪前，詹姆斯·库克[1]

---

[1] 詹姆斯·库克（1728—1779），英国皇家海军军官、航海家、探险家和制图师。18世纪60年代，他被纽芬兰总督托马斯·格雷夫斯聘任为海事测量师，为纽芬兰海岸绘制首批大规模精确的地图。——译者

（James Cook）船长在此观察过金星的运行轨迹。

我在崖顶坐了很久，沉浸在自己的思绪中，饱尝失败的苦果。慢慢地，大海那亘古不变的声音把我拖回现实。我的思绪也从自身和人类世界转移到海洋空间，那里是鲸的世界。

自从困鲸消失，这是我第一次感到那么空虚。我深陷其中，不能自拔。天已经黑了，没人知道我在哭泣……为死去的鲸而哭泣，为我们之间那脆弱的联系之断裂而哭泣。

我哭，不是因为本来好不容易与伯吉奥人建立起亲密的关系，现在却突然反目，而是因为那种难以言表的更大的孤寂感。人类把自己变成了地球上的终极陌客，这种孤寂感注定要伴其一生。

我哭，是因为我知道人类与其他生命之间的隔阂越来越深，难得有这样的机会可以搭建起沟通的桥梁，却由于人类的愚昧和无知，稍纵即逝，这其中当然也包括我。

我跟艾伯特到家的时候，晚餐时间早过了，到处白雪皑皑，我们家小房子的窗户透出橘黄色的灯光。我打开厨房门——屋子里都是人！乔布大叔拿着酒，他饱经风霜的脸上洋溢着笑容。西门和奥尼也在那儿，还有几个别的渔民。克莱尔正忙着从客厅搬椅子过来，让多萝西·斯宾塞和许多年轻人坐下。她有点心绪不宁，不过看起来比之前心情要好一些。

乔布大叔举起杯子向我致意："今天是个好天气，船长。我觉得她能带来好天气。也别说，明天早上说不定又要变天，谁知道呢。"

这些人没有待多久，他们话都不多。虽然没人提有关鲸的事，哪怕一个字，但意思已经表达出来了。

西门最后一个离开，他在门外磨蹭了一会儿，很难为情地说了自己来的目的："你们俩也不要觉得……你和你老婆，现在……你们在这里还有朋友呢……最好的朋友……"

他说不下去了，但已经表达出他的意思，我们也听懂了。他不知道我们对他有多感激，他的话非常有效，以至于周四早上，几个在毛鳞鱼拖网渔船上工作的渔民来找我，面色阴沉、态度强硬，我竟然没有表现出任何敌意。

他们说付出了劳动，就应该得到报酬，现在就要，全款，共500多美元。我解释说可能要等一下，斯莫尔伍德省长承诺的钱还没到呢——我当时真不知道这笔钱已经泡汤了。

"一定有人在说谎！我们要给乔伊发电报，告诉他，他给的钱，你和那些西南俱乐部的人却不给我们。"其中一个人粗暴地说道。

"哼！我们知道你们这些家伙要把鲸卖了，肯定能卖一大笔钱！"

真是太过分了。

"你们他妈的在说什么！鲸死了，沉入奥尔德里奇湾海底了，我们怎么卖没有得到的东西？即使要卖，你觉得有人那么傻，要买她的尸体吗？"

听到这些，他们互相交换了一下眼神。他们中的代言人说："好了，她又出现了，就浮在海湾的水面上呢。我们听说西南俱乐部已经把她卖给新斯科舍省的一家鲸鱼公司了，卖了1万美元呢。"

他停了一下，忿忿不平地接着说："钱应该归伯吉奥人，而不是他们，也不归任何陌生人。"

对于这些胡诌八扯的谣言，我完全不在意，也不想就此跟他们争论。鲸已经浮上来了，对我来说就还有一些善后工作要做。我自掏腰包，把钱给了他们，就按他们说的数字。他们离开后，我给渔业加工厂经理打了个电话，问他有没有听说鲸已经浮上来了。他说没有，听到这个消息，他也非常吃惊。

"他妈的你说什么?! 要是我早知道的话，在任何人发现之前，就把她的尸体捞出来，弄到海上去了，这样做对伯吉奥最好。我马上派人处理这个事情!"

"你最好先考虑一下，"我告诉他，"尸体差不多有80吨重，要是让它浮在海面上，对航运是一种安全隐患，要是碰上的话，能撞翻一艘大船，会追究你的责任的!"

"那我们该怎么办? 你可是那头鲸的监护人!"

"你错了。鲸活着的时候，我是监护人，现在她死了，尸体是伯吉奥的。她属于伯吉奥，特别是那些参与屠杀她的人，让他们处理吧!"

收音机发布广播说那头鲸又出现了。过了一会儿，我接到那位女医生的电话，她是负责伯吉奥公共健康的官员。

据她说，鲸的尸体非常危险，要是其携带的病菌传染到人身上，可能会致命。她觉得我很有必要发布一则公告，让大家远离那具尸体。

我本该拒绝的，那是她的职责，不是我的，不过我还是照做了，没想到不久之后却惹祸上身。渔业加工厂经理愤怒地给我打电话，口齿不清地要求我撤销该公告。他提醒我，公司取水的地方就在肖特岬，离死鲸漂浮的地方不足一英里远。很明显他怕联邦渔业巡视员听到风声，关闭其公司。我一点都不同情他。

"几周以前，当有人用军火行冒险之事以取乐时，你就应该考虑到这些的。"

说实话，我是有点报复的成分在里面，因此也没道歉。在那天的日记中，我写道："古舟子（the Ancient Mariner）[1]在伯吉奥登陆时，什么都没有，他只能把信天翁挂在脖子上以警示世人。现在伯吉奥有重达80吨的感染了病毒的鲸肉、内脏和鲸脂，希望当地人能得到点儿启示吧！"

他们确实得到了启示，但不是我希望的那样。面对从四面八方涌来的内陆媒体和电台的新闻报道，再加上鲍勃·布鲁克斯在《星周刊》（The Star Weekly）上言辞犀利辱骂伯吉奥的文章——矛头指向所有伯吉奥人，包括在这出悲剧中没

---

[1] 英国著名浪漫主义诗人塞缪尔·泰勒·柯勒律治的长诗《古舟子吟》中，老水手所在的航船遇到风暴，信天翁给他们带来好运，但不知为何，老水手射死了信天翁，从此厄运不断。——译者

做错什么的那些人，甚至那些对鲸持同情态度的人——大部分居民做出了他们本该做出的反应，受伤、愤怒、无法回应抑或自我辩护，一夜之间，大家的态度都转变了。大部分人开始认为，那些杀死鲸的家伙即便不是受害者，最起码很无辜，他们有权利这样做。

在这种情况下，西南俱乐部——其大部分成员是镇上的生意人和技术人员，不可避免地再度改变了立场。

周四晚上，我接到他们中的一个人打来的电话。他非常有礼貌，大意是俱乐部要宣布解除跟我的任何关系，从此刻起，他们将致力于恢复伯吉奥的良好声誉。

我祝他好运，发自内心的。

周五上午晚些时候，天气很好，我和克莱尔最后一次去奥尔德里奇湾。天气还是很冷，奥尼的船头破开海面上的薄冰，发出噼里啪啦的声响。这样的天气很适合观察鲸，我们却一头鲸都没看到。在昏暗的海面上，我们没看到远处有惊叹号似的水汽，"守护者"巨大的鳍也没有划破肖特湾平静的海面。那个族群的其他成员离开了，整个冬天再也没回来过。据我所知，它们及其同族再也没在伯吉奥群岛附近出现过，那儿曾是它们的避难所。

在理查兹岬，三只老鹰在平静的海湾上空翱翔，除此之外，这儿再没有任何生命迹象；它们就像无声的哀悼者，在大海上空盘旋着。我抬头看着它们，这些空中霸主此时此刻出现在此地，或许也是命中注定吧。视线再往下移，就看到大海真正的霸主，其尸体正漂浮在我们面前，这完全是大型鲸类种族灭绝的预兆。

多年过去了，我写下这些情景时，还是跟当年看到时一样悲哀。她活着的时候体型就庞大，现在死了，看起来好像大了一倍。她肚皮朝天，浮在海面上，腹部苍白，高高隆起，就像一艘底朝天的轮船。活着时，她超级威猛、仪态万千，死了就成了一堆烂肉，丑陋、畸形，令人讨厌。都发臭了！太臭了！我们小心地靠近她，强忍着才没吐出来。

最让人感到难受的是，有一点得到了确认：她就是一头雌鲸，从其乳房发育的状况来看，已经怀孕很久了。

在她尸体旁漂着的时候，我不知道奥尼感觉如何，克莱尔却在无声啜泣。接着，我们突然听到发动机的轰鸣声——另一艘船的到来把我们从那种状态中解救出来，对此我们心存感激。

那是一艘渔业加工厂的作业船，上面有三个人，他们穿过海沟疾驶而来，没理我们，直接朝鲸开去。上面的人用手绢系住嘴和鼻子，看起来怪怪的。他们很快把一圈钢丝绳套在她的尾部，就在巨大的尾鳍前面系牢。跟她相比，那艘作业船显得很小，鲸尾被拖入水中，压得水中泛起一片泡沫。

慢慢地，她开始笨重地向前移动，这支奇异的队伍慢慢靠近我们，跟我们并排进入南面的浅滩。这头巨大的长须鲸活着时没能穿越藩篱，死后竟然那么容易就漂过去了……

从何处来，到何处去，回归神秘中心，不再回来。

# 补偿

在17世纪，地球上最贪婪的食肉动物——人类，还没有大量捕杀大型鲸鱼之前，八种大型鲸鱼的数量多达450万头。

到了20世纪30年代，仅仅三个世纪后，它们的数量锐减到约150万头。

又过了将近一个世纪，到2004年，据估计，幸存下来的鲸已不超过35万头。

有一种鲸，大西洋灰鲸，新英格兰人称其为"矮瘦子"鲸，科学家还没有意识到其存在，就已经被杀光了。还有三种鲸也快灭绝了，它们是南露脊鲸（the Southern right whale）、北露脊鲸（the Northern right whale）和蓝鲸。虽然名义上有鲸类保护条约，但它们能否苟延残喘下去，很值得怀疑。在人类对整个鲸类族群不懈的攻击下，还有三种鲸（长须鲸、小须鲸和抹香鲸）的数量也在急剧下降。只有一种大型鲸类，在人类保护了长达四十年后，好像才刚刚摆脱濒临灭绝的命运，那就是太平洋灰鲸（the Pacific grey whale）。

由于大型鲸鱼数量锐减，基本无利可图，很多捕鲸业发达的国家已经放弃这一产业。不过冰岛、日本和挪威还在大力发展深海捕鲸业。

国际捕鲸委员会公布的捕鲸数字令人触目惊心，不过，也只是冰山一角。即使发现有人"无意"捕杀未成年鲸、哺乳期的雌鲸或受保护鲸类，甚至明目张胆地违反限额令，一些国际捕鲸委员会的成员国（还有一些国家没加入）也是睁一只眼闭一只眼。对于违反规定的人，该组织一直没能有效监控，更别说有实际意义的制裁，未来也一样，其限额令肯定有人遵守、有人违反。更糟糕的是，现在有大量捕鲸船（甚至一些配有加工设备的大型捕鲸船）钻空子，大部分都是日本人或挪威人开的，他们无视任何规则和约定，在公海肆意捕杀鲸鱼。这些"海盗捕鲸船"无论何时何地，看到鲸就捕，不管是大鲸、小鲸、雌鲸、雄鲸，还是什么别的鲸，包括那些名义上受保护的鲸。他们这种行为往往得到当地政府的纵容，特别是在南美洲和非洲南部。有理由相信，他们每年要捕杀2000—5000头大型鲸鱼，而这肯定不会出现在国际捕鲸委员会的年度统计数据中。

每年人类捕杀的大型鲸鱼多达5万头，明知道这种屠杀有可能导致某些鲸种的灭绝，从事捕鲸业的大部分国家还是没有采取任何措施，来大幅度降低每年的捕鲸量。

补偿

不只是大型鲸类被捕杀得濒临灭绝，由于日本和挪威的捕鲸船大肆捕杀，那些相对小一些的须鲸，比如小须鲸和布氏鲸，其生存也受到了严重威胁。更糟糕的是，人类开始把目标瞄准各种各样的海豚和鼠海豚，成千上万的小型齿鲸被日本人用于商业用途，还有很多"意外"死于金枪鱼围网中。

要是我们还想拯救鲸类，大型鲸也好，小型鲸也好，有一点非常确定，绝不能指望国际捕鲸委员会。人类历史上，这种最大规模大肆剥夺别的生命体的罪行，还将继续上演。国际捕鲸委员会的服务对象从来都是捕鲸者，而不是鲸类。

人类必须发布一项世界范围的禁令，并且真正落到实处，禁止捕杀所有鲸，不管哪一种，只有这样，鲸才能得以幸存。大型鲸快被捕杀光了，要真想让它们有机会恢复，这个禁捕期至少是十年。在此期间，必须严格禁止任何形式的鲸类产品交易，要不然，很多捕鲸公司就会钻空子，把业务搬到挪威或日本，加入日益壮大的"海盗捕鲸船"队。

要长期给他们施压，不管从事捕鲸业的国家，还是使用鲸类产品的国家，都必须长期遵守这一国际禁令，这一点势在必行。

在致力于保护鲸类家族的组织中，最重要的一个就是海洋守护者协会，在过去的二十五年里，其成员积极保护各种鲸类，活动范围涉及太平洋、大西洋、北冰洋和南冰洋。

海洋守护者协会作为一个注册了的慈善机构，运行资金主要来自其成员和其他有识之士的捐款。想要了解更多有关协会的信息，请登录 www.seashepherd.org 或写信到以下地址：美国华盛顿星期五港，海洋守护者协会，邮政信箱2616，邮编98250[1]。

要是想补偿人类对鲸类的野蛮行径，现在就必须行动起来。否则的话，再过几年，想补偿也没机会了……除了给它们谱写挽歌。

本章由法利·莫厄特更新于2005年。

---

[1] 海洋守护者协会目前的通讯地址已改变，美国总部地址为：P.O. Box 8628 Alexandria, Virginia 22306。——编者

# 专有名词对照表

## - A -

Ahab Mowat  亚哈·莫厄特

Albert  艾伯特

Aldridges Pond  奥尔德里奇湾

Aldridges Head  奥尔德里奇岬

Anderson  安德森

Angus Mowat  安格斯·莫厄特

Argentia  阿真舍

## - B -

Baccalieu  "巴卡利韦"号

Baffin Island  巴芬岛

Baleena  巴雷娜

Barasway  巴拉斯韦

Bay de Loup  德娄普湾

Bay Despair 绝望湾

Bay of Islands 群岛海湾

Belle Isle 百丽岛

Beothuks 比沃苏克人

Biscayen right whale 比斯坎露脊鲸

Boar Island 野猪岛

Bob Brooks 鲍勃·布鲁克斯

Bowhead 弓头鲸

British Columbia 不列颠哥伦比亚省

Bronx 布朗克斯

Burgeo "伯吉奥"号

## - C -

Cabot Strait 卡伯特海峡

Calgary 卡尔加里

Cape Breton 布雷顿角

Cape La Hune 拉胡尼角

Captain Ro Penney 罗·彭尼船长

Caribou Reefer "北美驯鹿"号

Carl Anton Larsen 卡尔·安东·拉森

Claire 克莱尔

Cologne 科隆

Connaigre Bay 康奈格雷湾

Corner Brook 科纳·布鲁克

Curt Bungay  柯特·邦吉

## - G -

Gander  甘德

Gaultois  高卢托伊斯

George Oldford  乔治·奥德福德

Grand Bruit  格兰·布鲁特

Grandy Island  格兰德岛

Green Island  格林岛

Greenhill Peak  格林希尔峰

Greenland whale  格陵兰鲸

Greenland shark  格陵兰鲨

Grey River  格雷河

Gull Pond  加尔湾

## - H -

Halifax  哈利法克斯

Hann  汉恩

Hansen  汉森

Harbour Breton  布列顿港

Harold Horwood  哈罗德·霍伍德

Harvey Ingram  哈维·英格拉姆

Hawkes Harbour  霍克斯港

Helsinki  赫尔辛基

Henry Beston  亨利·贝斯顿

Hermitage Bay  赫米蒂奇湾

Hunt's Island 亨特斯岛

## - I -

Ilhas Dos Onze Mill Vierges 十一贞女岛

International Whaling Commission 国际捕鲸委员会

Inuvik 伊努维克

Irkutsk 伊尔库茨克

Ivan Sanderson 伊凡·桑德森

## - J -

Jack McClelland 杰克·麦克莱兰

James Cook 詹姆斯·库克

Joaz Alvarez Fagundez 乔阿兹·阿尔瓦利兹·法冈第

Joe 乔

Joey Smallwood 乔伊·斯莫尔伍德

John C. Lilly 约翰·C.利利

Jonah 约拿

Joseph Smallwood 约瑟夫·斯莫尔伍德

Josh Harvey 乔希·哈维

Jumbo 江伯

## - K -

Karl Karlsen 卡尔·卡尔森

Keewatin 基韦廷

Kenneth 肯尼思

Kings Harbour 金斯港


## - L -

Labrador 拉布拉多

Lee Enfield 李·恩菲尔德

Lee Frankham 李·弗兰克姆

Little Barasway Pond 小巴拉斯韦湾

Longboat Rocks 大艇礁

Lucy Fenelly 露西·费内利


## - M -

Mackenzie River 麦肯齐河

Marie Penny 玛丽·彭尼

Mast Cove 马斯特湾

Max Ferguson 马克斯·弗格森

Messers Cove 梅塞尔湾

Messers Head 梅塞尔岬

Mic Mac Indians 米克马克族印第安人

Moby Joe 莫比·乔伊

Mont-gomery "蒙特马利"号

Mosquito Harbour 蚊子港

Mrs. Harvey 哈维老太太

Muddy Hole 泥洞湾

Murdoch  默多克

## - N -

Nemesis  涅墨西斯

New Brunswick  新不伦瑞克

Newfoundland  纽芬兰岛

North Sea  北海

North Sydney  北悉尼

Nova Scotia  新斯科舍省

## - O -

Offer Rock  乱石湾

Omsk  鄂木斯克

Onie Stickland  奥尼·斯蒂克兰德

Our Harbour  奥尔港

## - P -

Panama Canal  巴拿马运河

Parsons Harbour  帕森港

Patrick Morris  "帕特里克·莫里斯"号

Pearson  皮尔逊

Penguin Islands  企鹅群岛

Pennyluck  "彭尼幸运"号

Peter Davison  彼得·戴维森

Port aux Basques 奥克斯·巴斯克港

## - R -

Ramea 拉米亚

Red Island 雷德岛

Rencontre Island 伦贡特岛

Richards Head 理查兹岬

Richards Hole 理查兹洞

Robert Frost 罗伯特·弗罗斯特

Rose 罗丝

Rover 罗弗

Royal Canadian Mounted Police 加拿大皇家骑警队

Royal Canadian Navy 加拿大皇家海军

## - S -

Samways 桑姆威斯湾

Sandbanks 沙洲

Sargasso Sea 马尾藻海

Seal Brook 锡尔溪

Shetland 设得兰

Ship Dock 西普船坞

Short Reach 肖特湾

Short Head 肖特岬

Sicily 西西里

Simeon Ballard　西门·巴拉德

Simeon Spencer　西门·斯宾塞

Smalls Island　斯莫尔斯岛

South Georgia　南乔治亚岛

St. John's　圣约翰

*St. John's Evening Telegram*《圣约翰晚报》

St. Pierre　圣皮埃尔港

St. Pierre-Miquelon　圣皮埃尔–米克隆岛

St. Ursula　圣·厄休拉

Steamer Run　汽船道

Stephenville　斯蒂芬维尔

Sven Foyn　斯文·福因


## - T -

Tbilisi　第比利斯

the Ancient Mariner　古舟子

the Arctic right whale　北极露脊鲸

the Atlantic grey whale　大西洋灰鲸

the Baltic States　波罗的海诸国

the Bay of Fundy　芬迪湾

the Celtic　凯尔特人

the Grand Banks　大浅滩

the Gulf of St. Lawrence　圣劳伦斯湾

The Ha Ha  哈哈湾

The Harbour  港口湾

The Head  海德山

the Northern right whale  北露脊鲸

the Pacific grey whale  太平洋灰鲸

The Reach  浅滩湾

the Southern right whale  南露脊鲸

*The Star Weekly*《星周刊》

Theophille Detcheverey  泰奥菲尔·德奇韦利

Thorarinn  "托拉林"号

Thule culture  图勒文明

*Toronto Star*《多伦多星报》


**- U -**

Uncle Art  阿特大叔

Uncle Arthur Pink  亚瑟·平克

Uncle Bert  伯特大叔

Uncle Job  乔布大叔

Uncle Matt Fudge  马特·福吉大叔

Uncle Samuel  塞缪尔大叔

Uncle Ted Banfield  泰德·班菲尔德大叔

Upper Burgeo  上伯吉奥岛

## - W -

Wash Pink 沃什·平克

White Bear Bay 白熊湾

William Carson "威廉·卡森"号

Williamsport 威廉斯波特

Woods Hole 伍兹·霍尔